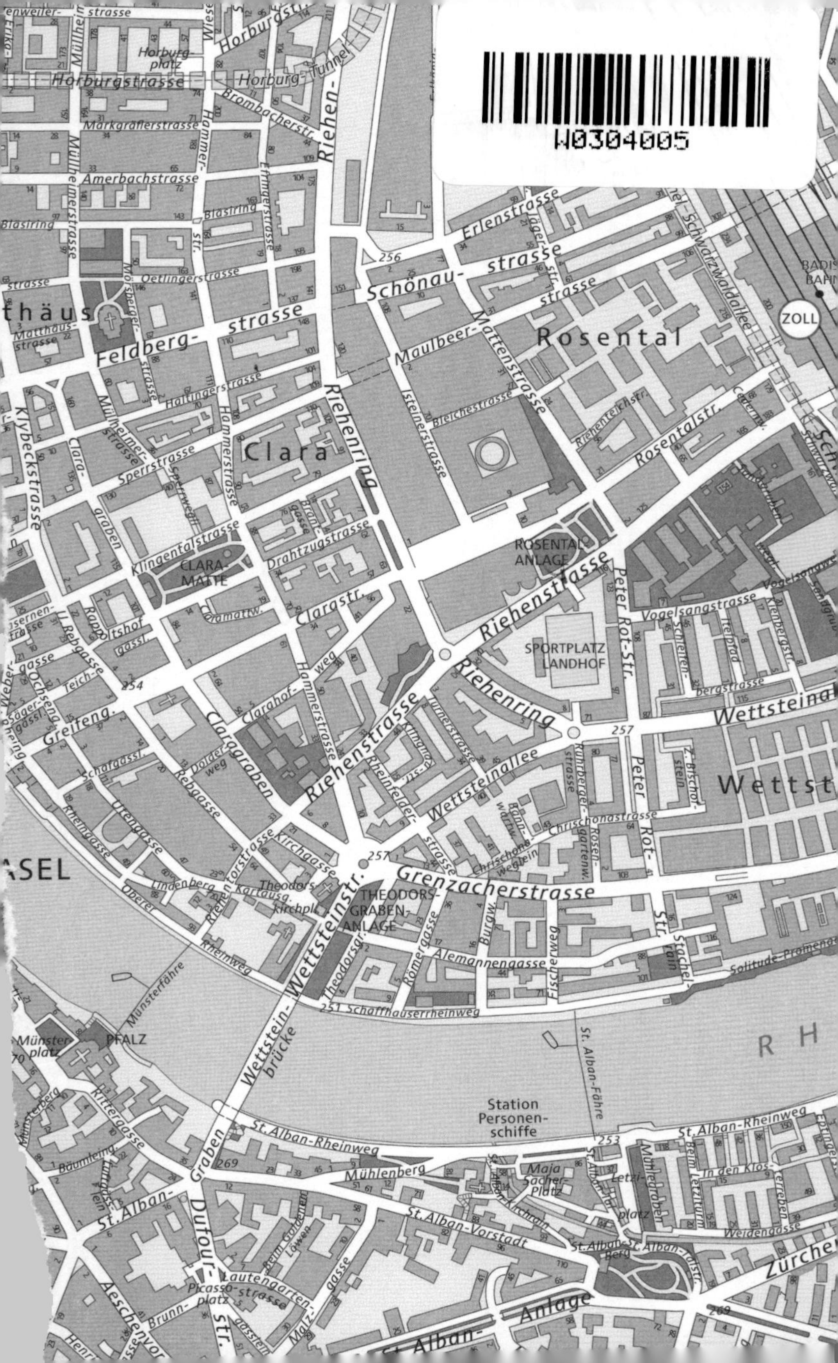

Horburgstrasse
Horburg-Tunnel
Horburgplatz
Brombacherstr.
Riehenstrasse
Markgräflerstrasse
Müllheimerstrasse
Hammerstr.
Amerbachstrasse
Efringerstrasse
Blasiring
Oetlingerstrasse
Matthäus
Matthäusstrasse
Feldbergstrasse
Schönaustrasse
Erlenstrasse
Jägerstr.
Schwarzwaldallee
BADISCHER BAHNHOF
ZOLL
Rosental
Maulbeerstrasse
Mattenstrasse
Isteinerstrasse
Bleichestrasse
Riehenteichstr.
Rosentalstr.
Haltingerstrasse
Klybeckstrasse
Clarastrasse
Clara
Sperrstrasse
Riehenring
Klingentalstrasse
Drahtzugstrasse
CLARAMATTE
ROSENTAL-ANLAGE
Riehenstrasse
Peter Rot-Str.
Vogelsangstrasse
SPORTPLATZ LANDHOF
Clarastr.
Claragraben
Hammerstrasse
Rebgasse
Greifeng.
Ochsengasse
Teichgasse
Wettsteinallee
Wettsteinplatz
Chrischonastrasse
Grenzacherstrasse
THEODORS-GRABEN-ANLAGE
Theodorskirchpl.
Kartausg.
Lindenberg
Oberer Rheinweg
Utengasse
Rheingasse
BASEL
Wettsteinstr.
Theodorsgr.
Römergasse
Burgw.
Alemannengasse
Fischerweg
Solitude-Promenade
Schaffhauserrheinweg
Münsterfähre
PFALZ
Münsterplatz
Wettsteinbrücke
St. Alban-Fähre
RH
Station Personenschiffe
St. Alban-Rheinweg
Rittergasse
Bäumleing.
St. Alban-Graben
Mühlenberg
Maja Sacher-Platz
St. Alban-Kirchrain
St. Alban-Vorstadt
Letziplatz
Mühlegraben
Beim Letziturm
In den Klosterreben
Weidengasse
St. Alban-Berg
St. Alban-Tal
Zürcherstrasse
Dufourstr.
Lautengartenstrasse
Picassoplatz
Aeschenvorstadt
Malzgasse
St. Alban-Anlage

Hansjörg Schneider

Hunkeler in der Wildnis

Der zehnte Fall

ROMAN

Diogenes

*Die Personen und die Handlung
des Romans sind frei erfunden,
jede Ähnlichkeit mit realen Personen oder
Begebenheiten ist rein zufällig*

Diogenes Verlag AG Zürich
www.diogenes.ch
200/20/44/1
ISBN 978 3 257 07097 2

Peter Hunkeler, ehemaliger Kommissär des Kriminalkommissariats Basel, nun im Ruhestand lebend, saß vor dem Kiosk von Erkan Kaya beim Eingang zum Kannenfeldpark und blätterte in einer Zeitung. Es war ein Sonntag im Juni, ein schöner Sommermorgen, die Sonne schien ihm angenehm ins Gesicht. Vor sich hatte er eine Tasse Kaffee, die ihm Frau Koller gebracht hatte.

Eigentlich war es schon lange kein bloßer Kiosk mehr, sondern ein richtiges Straßencafé. Ein Dutzend Tischchen, einige unter einem Vordach. Ein kleiner Anbau mit weiteren sechs Tischchen, für kalte, regnerische Tage. Man konnte essen hier, belegte Brote und heiße Würstchen. Dies alles hatte sich Erkan geduldig und schlau erkämpft in den letzten Jahren, den Behörden und den umliegenden Wirtschaften zum Trotz, die Einspruch gegen die drohende Konkurrenz erhoben. Aber Erkan hatte sich durchgesetzt. Und an schönen Tagen wie heute war hier reger Betrieb.

Hunkeler nahm einen Schluck aus der Tasse, zufrieden mit sich und der Welt. Er hatte in seiner Wohnung in der Mittleren Straße übernachtet, da es ihm in seinem Haus im Elsass öde geworden war. Ab und an brauchte er die Stadt, die Häuser ringsum, die Menschen, auch wenn sie noch in ihren Betten lagen und schliefen, wie jetzt. Dann schien die Welt aufgeräumt zu sein und zu glänzen.

Er sah zwei junge Typen vorbeirennen, in beachtlichem Tempo. Sie rannten wie fast alle Jogger im Gegenuhrzeigersinn. Eigentlich seltsam, dachte Hunkeler, dass alle in die gleiche Richtung rannten. Vorschrift war es ja nicht. Auch er war stets im Gegenuhrzeigersinn gerannt, fiel ihm ein, als er noch gerannt war. Aber das war vorbei. Heute ging er nur noch. Der Rücken, das Knie, der Fuß.

Er sah aus den Augenwinkeln, wie ein älterer Mann durch den pompösen Parkeingang kam. Dieser Eingang erinnerte als Einziges noch daran, dass hier ein städtischer Friedhof gewesen war. Ein Gottesacker, wie man in Basel sagte. In diesem Acker Gottes lagen wohl noch immer ein paar tausend Totengerippe drei Meter tief in der Erde. Ein tröstlicher Gedanke, fand Hunkeler. Unten ruhen die Toten, oben über den Kiesweg rennen die Lebenden. Und schon mittags würde es hier wimmeln von Eltern und ihren Kindern, die zwischen den immergrünen Trauergewächsen wie Buchs, Thuja und Eibe Fangen spielten.

Der ältere Mann trug Schirmmütze und Sonnenbrille. Er hieß Otto. Ein Rentner, der in einem der Wohnblocks nebenan wohnte, allein. Er kam jeden Morgen, um ein bisschen zu plaudern. Hunkeler hasste das, am Morgen mochte er nicht reden. Er blätterte in seiner Zeitung und hörte, wie Otto ein Ginger-Ale mit Zitronenschnitz bestellte. Er tat das jeden Morgen. Er setzte sich nie, sondern blieb immer an der Theke und schwatzte über irgendwas.

Aber an diesem Morgen mochte auch Frau Koller nicht. Sie half Erkan im Kiosk, die Brötchen mit Butter zu bestreichen und mit Ei und Büchsenspargeln zu belegen.

Hunkeler las einen Artikel über eine spanische Stadt, in der ein junger Mann mit einem Auto mehrere Menschen totgefahren hatte. Eigentlich wollte er nichts wissen davon, der Morgen war zu schön. Aber dieser Angriff auf unschuldige Menschen war von einer Zielstrebigkeit und Brutalität, die ihn wütend machten.

»Was regst du dich auf?«, fragte Otto.

»Ich rege mich nicht auf«, behauptete Hunkeler.

»Doch, du hast etwas gemurmelt, etwas Böses.«

»Es ist wegen des Attentats. Was stellen sich diese

Typen vor? Glauben sie, sie können die Welt durch Mord verbessern?«

»Das sind Verrückte«, sagte Otto und zündete sich eine Zigarette an. »Die muss man totschießen.«

Hunkeler legte die Zeitung weg.

»Ich frage mich«, sagte er, »wie sie so weit kommen. Junge Kerle, die etwas lernen sollten. Wie man arbeitet, wie man lebt. Stattdessen lernen sie, wie man möglichst viele Menschen umbringt.«

»Das ist der Islam«, sagte Otto, »das ist eine Religion der Gewalt.«

»Red keinen Unsinn«, sagte Erkan, der nach vorn gekommen war. »Ich bin Muslim. Bin ich Gewalt?«

»Ach so«, sagte Otto. »Nein, du natürlich nicht.«

»Auch meine Mutter nicht. Und mein Vater nicht. Und meine Schwestern nicht und meine Brüder nicht. Also rede keinen solchen Unsinn, bitte.«

»Jetzt sei doch nicht gleich beleidigt, es tut mir ja leid. Ich meine nicht dich.«

»Wen denn? Bin ich Muslim oder nicht? Bin ich dein Freund und Nachbar oder nicht?«

»Natürlich bist du mein Freund und Nachbar. Ich bin halt ein alter Schwätzer.«

»Stimmt«, sagte Erkan.

Draußen auf der offenen Wiese segelte ein großer Vogel heran, schwarzweiß gezeichnet, mit langem, rötlichem Schnabel. Er streckte die Beine vor, die riesigen Schwingen wie ein bremsendes Segel ausgespannt, und setzte auf. Es war Willy, der Storch, der im Basler Zoo daheim war und jeden Morgen einen Ausflug hierher unternahm, um von Frau Koller gefüttert zu werden. Gewöhnliche Wurst und Schinken verschmähte er. Er fraß nur Salami, und zwar fein geschnitten.

»Willy ist da«, meldete Otto.

»Der kann warten«, sagte Frau Koller, »ich habe bloß zwei Hände.«

Der Storch stakste zögernd heran. Er war recht zutraulich zu Menschen. Bloß Kinder mochte er nicht. Und er war hartnäckig. Er blieb so lange, bis er ein paar Scheiben Salami bekam.

Vom Turm der nahen Johanneskirche war eine Glocke zu hören. Weitere, tiefere setzten ein, ein sonntäglich friedliches Klingen und Dröhnen. Auch das Geläut der Antoniuskirche schwang mit, vom mächtigen Betonturm herunter, den man im Viertel Seelensilo nannte. Basel schien nur noch aus Glocken zu bestehen. Hunkeler liebte das. Er war zwar schon lange aus der Kirche ausgetreten. Aber er mochte es, wenn das tönende Erz die Luft über der Stadt erzittern ließ. Zu Ehren Gottes des Allmächtigen vielleicht? Zu Ehren der Muttergottes? Oder schlicht zur Feier des Sonntags?

Das Haus, in dem er aufgewachsen war, kam ihm in den Sinn. Der Kiesweg um das Haus herum, den er immer am Samstagabend rechen musste, um die Kiesel zu lockern und schön über den Weg zu verteilen. Er begriff den Sinn dieser Arbeit nie, er hatte schon damals viel für organische Unordnung übrig. Aber wenn er den Rechen durch die Kiesel zog und Druck aufsetzte, damit die Steinchen aus dem festen Boden gerissen wurden, überkam ihn jeweils die Genugtuung, dass mit dieser Arbeit alles in Ordnung gebracht wurde. Dann setzten im nahen Städtchen die Glocken ein. Erst die hohe, noch kaum wahrnehmbar. Dann die tiefen, die weiter trugen. Zuletzt der Bass, der das ganze Tal ausfüllte bis zu den bewaldeten Hügeln hinauf.

Er spürte, wie ihn jemand an der Schulter anfasste und schüttelte. Er hörte eine Stimme, es war die von Otto.

»Nicht schlafen, Hunkeler. Da ruft jemand um Hilfe.«

Er war also eingenickt, und dies schon am Morgen. Es war die Erinnerung, die ihn eingelullt hatte.

Otto deutete nach links zum Weg hinüber, wo eine alte schwarzgekleidete Frau heranhastete.

»Polizei, Polizei!«, rief sie.

»Nichts da«, murmelte Hunkeler, »ich bin nicht mehr bei der Polizei.«

»Einmal Polizei, immer Polizei«, sagte Otto. »Schluss mit dem Nickerchen. Es gibt Arbeit.«

Hunkeler trank seine Tasse leer, sehr langsam. Er sah, wie Willy seine Schwingen ausbreitete, abhob und fortflog, ein Bild, schien ihm, von dem er geträumt hatte. Er überlegte, ob er aufstehen und weggehen sollte. Aber er blieb sitzen. Gemeinsam schauten sie zu, wie die Frau herankam und vor ihnen stehen blieb. Sie hatte ein Bündel Sauerampfer in der rechten Hand. Mit der linken fasste sie sich an die Brust. Sie war so außer Atem, dass sie erst kein Wort herausbekam. Dann redete sie in einer Sprache, die Hunkeler nicht verstand.

»Sie sagt«, übersetzte Erkan aus dem Türkischen, »da unten liege ein toter Mann, dem der Schädel eingeschlagen wurde. An die Mauer gelehnt. Dort, wo das Gras wächst. Sie hat dort Sauerampfer gesammelt für den Salat. Sie ist sehr erschrocken. Sie sagt, das seien gottlose Menschen, die so etwas machen. Sie heißt Frau Dogan. Ihr Sohn arbeitet im Tankstellen-Shop beim unteren Ausgang des Parks.«

Die Frau ergriff Hunkelers Rechte und schüttelte sie mit aller Kraft. »Danke, danke«, sagte sie,

»danke, danke.« Dann ließ sie sich auf einen Stuhl fallen.

»Du kümmerst dich um sie«, sagte Hunkeler. »Und ruf die Polizei an.«

»Natürlich«, sagte Erkan.

»Warum nicht du?«, fragte Otto. »Du bist doch Polizist.«

»So ein Schwachsinn«, sagte Hunkeler, »an einem so schönen Sonntagmorgen.«

Vom Turm der Antoniuskirche klang die letzte Glocke aus. Dann war Stille, bis aus dem Kiosk Erkans Stimme zu hören war, der die Polizei anrief.

Hunkeler ging über den Kiesweg, der den Park kreisförmig umrundete. Dorther war die Frau gekommen. An der alten Friedhofsmauer stand der Schuppen, in dem die Stadtgärtner ihr Gerät verstauten. Daneben war ein Kiesplatz, wo manchmal Boule gespielt wurde. Er kannte die Spieler, er hatte ein paarmal mitgespielt. Da er keine eigenen Kugeln besaß, wurde er nicht ernst genommen. Aber als Gast war er akzeptiert.

Obschon er wusste, dass ihm wenig Zeit blieb, ging er langsam. Er war ja in Rente, die Sache betraf ihn nicht. Aber einfach wegrennen konnte er auch nicht.

Er kam auf den Kiesplatz und sah an der alten

Friedhofsmauer, die aus hellem Kalkstein gebaut war, eine Gestalt liegen. Es war Heinrich Schmidinger, ein Österreicher aus Wien, der in jungen Jahren nach Basel gekommen war, um erst bei der *National-Zeitung* und später bei der *Basler Zeitung* Literatur- und Theaterkritiker zu werden. Vor einigen Jahren war er in Rente gegangen. Er bewohnte ein Reihenhaus in der Glaserbergstraße gleich neben dem Park, zusammen mit seiner Freundin Ruth Mangold.

Hunkeler sah sogleich, dass Schmidinger tot war. Jemand hatte ihm den Schädel eingeschlagen. In seinem Mund steckte ein Büschel Gras. Zwischen seinen Beinen lagen zwei Boulekugeln. Die dritte Kugel fehlte. Das fiel Hunkeler auf, denn üblicherweise spielte man mit drei Kugeln. Die zwei, die dalagen, hatten sieben Ringe eingefräst.

Er spürte, wie sein Mund schlagartig trocken wurde, als hätte er tagelang nichts mehr getrunken. Fast wäre er umgekippt. Aber dann trat er zur Leiche, bückte sich und griff unter das Hemd. Dort, das wusste er, trug Schmidinger eine Art Amulett. Es war das Eiserne Kreuz seines Vaters, der im Zweiten Weltkrieg in Jugoslawien gefallen war. Das Einzige, hatte Schmidinger erzählt, was er von seinem Vater geerbt hatte.

Hunkeler nahm dieses Amulett, zog die Lederschnur, an der es hing, mit einiger Mühe über den Kopf der Leiche und schob beides in seine Tasche. Er wusste nicht recht, warum er das tat. Vielleicht, weil der Anblick so trostlos schrecklich war. Er hatte Heinrich Schmidinger gemocht. Er wollte ein Andenken haben. Oder wollte er ihn schützen? Er murmelte kurz etwas vor sich hin, drehte sich weg und ging schnell zurück zum Kiosk.

»Und?«, fragte Otto.

»Mausetot«, sagte Hunkeler. »Der Schmidinger. Wo ist Frau Dogan?«

»Sie sitzt drin bei Erkan. Sie ist beinahe ohnmächtig geworden. Er päppelt sie auf.«

»Ein Glas Wasser, bitte«, sagte Hunkeler zu Frau Koller, »aber schnell. Bevor sie kommen.«

Sie kamen mit heulender Sirene und Blaulicht, am Steuer Wachtmeister Lüdi, auf dem Beifahrersitz Kommissär Madörin, hinten Korporal Haller. Lüdi riss eine gewagte Kurve von der Straße weg in den Parkeingang hinein und hielt an.

»Du hier?«, fragte Madörin. »Was zum Teufel tust du an einem heiterhellen Sonntagmorgen im Kannenfeldpark?«

»Ich genieße Ruhe und Entspannung«, sagte Hunkeler und schlürfte vom Wasser. »Da unten beim Schuppen liegt übrigens eine Leiche.«

»Woher weißt du das?«

»Weil ich sie gesehen habe.«

»Wie bitte? Du hast den Tatort betreten?«

»Ich glaube nicht, dass dies der Tatort ist. Vielmehr vermute ich, dass er dort hingeschleppt wurde, als er schon tot war.«

»Was? Spinnst du?«

»Warum denn? Er hätte doch noch leben können. Es ist übrigens Heinrich Schmidinger, ein bekannter Journalist. Jemand hat ihm ein Büschel Gras zwischen die Zähne geklemmt. Jemand, der eine Riesenwut auf ihn hatte. Du kannst dem Gerichtsarzt Dr. de Ville mitteilen, er brauche sich nicht zu beeilen. Der rennt nicht mehr weg.«

Madörins Gesicht lief rot an vor Wut.

»Du mischst dich ein in einen Mordfall, ohne uns zu informieren?«

»Das hat Herr Erkan Kaya übernommen. Was hätte ich denn tun sollen? Eine Frau Dogan ist angekeucht gekommen und hat gesagt, an der alten Friedhofsmauer liege eine Leiche. Ich bin als Privatmann hier. Hätte ich weglaufen sollen? Ich bin gleich hinübergerannt, um zu sehen, ob ich ihm noch helfen kann.«

»Schluss jetzt, niemand rührt sich vom Fleck«, schrie Madörin. »Wir werden von Ihnen allen die Personalien aufnehmen. Das gilt auch für dich,

Hunkeler. Aber los jetzt, einsteigen, wir fahren zuerst zum Tatort.«

Und zu Hunkeler: »Das wird Folgen haben.«

Hunkeler blieb sitzen, trank sein Glas aus und schaute zu, wie der Polizeiwagen hinüber zum Schuppen fuhr. Er wusste, was jetzt kam. Das Kommissariat würde alle seine Macht auffahren, Technischer Dienst, Ambulanz, alle verfügbaren Einsatzkräfte. Den Park absperren, Erkans Kiosk schließen, den einen oder anderen in Untersuchungshaft nehmen. Es würde nichts nützen, sie waren zu spät dran. Sie waren immer zu spät dran.

Die Ambulanz kurvte in den Parkeingang, mit gellendem Martinshorn. Sie kannten das Ziel, sie rasten über den Kiesweg zum Schuppen hinüber.

Hunkeler erhob sich und trat zur Theke.

»Gib mir eine Zigarette«, bat er.

»Warum?« fragte Otto. »Du hast doch aufgehört.«

»Habe ich auch. Ausnahmsweise.«

Otto hielt ihm die Schachtel hin, Hunkeler zündete sich eine an und zog gierig den Rauch in die Lunge. Das tat gut ab und an, wenn man ein Leben lang Raucher gewesen war. Er schaute zu, wie Otto auf seinem Handy herumtippte.

»Was tust du da?«

»SMS verschicken«, sagte Otto.

»Wenn du nicht sofort aufhörst damit, schmeiße ich dein Handy hinüber zu den Wohnblocks.«

»Nur ruhig, Hunkeler, ruhig. Du bist nicht mehr der Chef hier. Du bist übrigens nicht hinübergerannt zum Schuppen, wie du den Tschuggern erzählt hast. Sondern du bist hinübergewandelt, wie auf Eiern.«

»Und? Willst du das den Tschuggern erzählen, wie?«

Otto erschrak.

»Keine Gewalt bitte. Wir leben immer noch in einem Rechtsstaat.«

Hunkeler warf die Zigarette auf den Boden und zertrat sie. Er sah Frau Dogan neben der Kaffeemaschine sitzen. Sie zitterte am ganzen Leibe. Erkan redete auf sie ein.

»Ihr wird nichts geschehen«, sagte Hunkeler.

Erkan übersetzte.

»Sie werden sie wahrscheinlich mitnehmen aufs Kommissariat und befragen. Es kann dauern, bis sie die Übersetzer organisiert haben. Sie soll ruhig bleiben.«

»Sie hat bloß Sauerampfer für den Salat gesammelt«, sagte Erkan. »Jetzt hat sie Angst, eingesperrt zu werden. Ihre Papiere sind nicht in Ordnung.«

»Nein«, sagte Hunkeler, »sie darf nicht eingesperrt werden. Sie wird bloß als Zeugin befragt.«

Er suchte und fand den Blick der alten Frau. Augen voller Angst, voller Unterwürfigkeit.

»Danke, danke«, sagte sie.

Hunkeler trat auf die Burgfelderstraße hinaus. Dort blieb er eine Weile stehen, unschlüssig, was er tun sollte. Er schaute dem Dreiertram nach, das Richtung Grenze fuhr. Alles leer, Triebwagen und Anhänger. Niemand fuhr Tram am Sonntagmorgen.

Eigentlich hätte er in Erkans Café bleiben müssen, schließlich war er so etwas wie ein Zeuge. Obschon Schmidinger längst tot war, als er ihn fand.

Er ging ein Stück weit Richtung Grenze, als ob er ins Elsass wandern wollte. Etwas zog ihn fort, weg von eingeschlagenem Schädel und Polizei. Hinaus in die weite Landschaft. Nur noch Wiesen und Bäume, das war das, was er sehen wollte, nichts anderes mehr. Er wusste, dass das nicht möglich sein würde. Der Tod hatte Einzug gehalten mitten in Basel, an einem strahlenden Sonntagmorgen, als die Welt mit sich einig zu sein schien. Er, Hunkeler, hatte die Leiche gefunden. Er würde befragt werden, das war unumgänglich. Aber nicht heute, beschloss er. Vielleicht morgen. Oder übermorgen. Am liebsten nie.

Es war ihm nämlich völlig egal, dem ehemaligen Kriminalkommissär, wie Heinrich Schmidinger zu

Tode gekommen war. Tot war tot. Vielleicht würde die Täterschaft gefunden, vielleicht auch nicht. Beides machte den Toten nicht wieder lebendig. Und die sogenannte Gerechtigkeit konnte Hunkeler gestohlen bleiben.

Er setzte sich auf eine Bank unter den Bäumen, welche die Burgfelderstraße säumten, und dachte nach. Es waren Linden, unter denen er saß, er roch ihren süßen Duft. Die waren früh dran heuer, die letzten Tage waren alle schön und warm gewesen.

Warum eigentlich hatte er dauernd mit Leichen zu tun? Lag es nur an seinem Beruf, der ihn verpflichtete, Mord und Totschlag aufzuklären? Oder war er, von Geburt an schon, ein Verwandter von Freund Hein, dem Flötenspieler, der den Lebenden den Todesmarsch blies? Warum war er auf die Idee gekommen, bei Erkan einen Kaffee zu trinken? Er hätte noch früh genug von Schmidingers traurigem Abgang erfahren, aus der Zeitung oder dem Radio. Aber nein, er musste vor Ort anwesend sein und der Leiche ins eingefallene Gesicht schauen. Und er hatte dieses verdammte Eiserne Kreuz in der Tasche.

Er hörte, wie im Turm der Antoniuskirche eine einzelne Glocke anschlug. Offenbar wurde dort jetzt die Wandlung gefeiert, es war eine katholische Kirche, Brot wurde zum Leib Christi, Wein zum

Blut Christi. Oder so ähnlich, Hunkeler war schon lange nicht mehr gläubig. Er wusste bloß, dass sich vor wenigen Jahrhunderten noch die Leute wegen solcher Fragen die Köpfe eingeschlagen hatten.

Er griff in die Tasche nach dem Eisernen Kreuz. Was für ein verrückter Gedanke, das christliche Symbol zur Tapferkeitsmedaille für besonders gut gelungenes Töten des Feindes umzufunktionieren. Am liebsten hätte er es in weitem Bogen über die Straße geschmissen, ins Geäst der Bäume gegenüber. Aber er tat es nicht. Denn leicht konnte es gefunden werden, wenn er es wegschmiss, von spielenden Kindern zum Beispiel. Und Madörin, der Bluthund, würde sich auf die Fährte setzen, die zu ihm, zu Hunkeler, führte.

Er versuchte, ruhig zu atmen. Was war eigentlich geschehen, warum fühlte er sich plötzlich mitschuldig?

Schmidinger war seit rund zehn Stunden tot, als er ihn fand, so viel hatte er festgestellt, er kannte sich mit Leichen ein bisschen aus. Er war also gegen Mitternacht umgebracht worden. Was hatte er um Mitternacht im Park getan? Und wer war bei ihm gewesen? Ein Boulespieler? Oder ein fremder Gast?

Hunkeler wusste jetzt plötzlich, was zu tun war. Schnellstmöglich zu seiner Wohnung zurückgehen, sich dort ins Auto setzen und über den Hegenheimer Grenzübergang ins Elsass hinausfahren. Dort war er vorerst sicher.

Eine Stunde später stand er in der Wiese vor seinem Elsässer Haus und begutachtete seine Bäume. Die alte Korbweide mit meterdickem Strunk, die seit Jahrzehnten nicht mehr geschnitten worden war, so dass sich einzelne Triebe zu eigentlichen Stämmen ausgewachsen hatten. An einem hing ein Nistkasten für Blaumeisen, der bewohnt war. Die Altvögel hatten eine Menge zu tun, um ihren Nachwuchs zu füttern und möglichst bald in die Luft zu bringen. Die Weide bot ihnen ein ideales Biotop. Sie klebten mit Vorliebe an den herabhängenden Zweigen, ein zartes Blau am Pastellgrün der silbern glänzenden Blätter.

Daneben, in der Ecke zur Scheune, hatte er in der ersten Nacht, die er in diesem Haus verbracht hatte, das Licht eines Leuchtkäfers gesehen. Es war ein Weibchen, das mit seinem Glühen herumfliegende Männchen anlocken wollte. Er hatte es behutsam auf seinen Handteller gehoben. Dort glomm das Licht eine Weile weiter, bis es erlosch, für immer. Seit jener Nacht hatte er auf seinem Grundstück keinen Leuchtkäfer mehr gesehen.

Er ging hinüber zum alten Schweinestall. Davor

stand ein Birnbaum, der zur Hälfte verdorrt war. Aber noch trug die andere Hälfte Früchte, die an nebligen Herbsttagen zu Boden fielen, anfaulten und im Winter von den Amseln weggepickt wurden. Und jeden Morgen kurz vor elf flog ein großer Specht heran, grasgrün mit feuerroter Haube, um Stamm und Geäst nach Käfern und Raupen abzuklopfen.

An einem waagrechten Ast hing der Nistkasten für die Gartenrotschwänze. Hunkeler hatte ihn auf gut Glück hingehängt, gespannt, ob es funktionierte. Tatsächlich war an einem Aprilmorgen ein wunderschön gefiederter Gast aufgetaucht, roter Bauch, schwarze Kehle, weiße Haube, ein Gartenrotschwanzmann. Etwas später entdeckte Hunkeler auch das Weibchen. Seither traf das Paar jedes Frühjahr ein, nach langem Flug über Wüste und Meer. Hunkeler nahm jedenfalls an, dass es dasselbe Paar war. Er wusste, dass Gartenrotschwanzpaare ein Leben lang zusammenblieben. Der wahre Luxus, davon war er überzeugt, war das Glück, mit Vögeln zusammenzuleben. Beim Erwachen das Morgenkonzert, beim Einnachten das Abendlied. Zuletzt, wenn die Schwärze der Nacht alles einhüllte, das feine Zwitschern des Rotschwanzes.

Drüben gegen das Nachbarsgrundstück hin stand eine Reihe Zwetschgenbäume. Sechs Stück waren es, übervoll behangen mit kleinen, noch steinharten Früchten. Eine gute Zwetschgenernte heuer. Er würde sie alle pflücken im Herbst, er hatte jetzt Zeit als Rentner. Die Leiter anstellen und hochsteigen ins Laub, den Kratten füllen und in den Korb am Boden leeren. Den Korb hinübertragen zum Nachbarn, der die Ernte, zusammen mit der eigenen, zur Sammelstelle fuhr. Zwetschgen waren eines der wenigen Produkte, mit denen ein berenteter Bauer noch etwas Geld verdienen konnte. Wobei das Wort »berentet« natürlich ein Hohn war. Zum Leben zu wenig, zum Sterben zu viel. Wenn die Bauern bloß keine Milch mehr produzierten, alles andere war egal. Nur noch Mais, großflächig angesät von riesigen Traktoren, mit Insektiziden besprüht, mit Stickstoff gedüngt, so dass das Quellwasser kaum mehr trinkbar war. Das Ganze nannte sich Fortschritt.

Hunkeler betrachtete die Hühner, die unter dem Birnbaum scharrten. Ein geschäftiges Treiben, hin und wieder ein leises Gackern, das Hunkeler irgendwie optimistisch stimmte. Hahn Fritz, der schon weit bessere Tage gesehen hatte, pickte eifrig mit, als ob im Gras fette Körner lägen.

»Wacker, Kollege Fritz«, sprach Hunkeler, »wie du dich auf den Beinen hältst. Aber bald haut es dich von der Stange.«

Am Abend saß er, nachdem er die Hühner in den Stall gebracht hatte, am Küchentisch und schaute in die aufkommende Dämmerung hinaus. Er hörte das Telefon im Gang draußen schellen, über ein Dutzend Mal. Offenbar wollte jemand dringend mit ihm reden. Wieder einmal war er froh, keinen Beantworter eingerichtet zu haben. Die Nummer seines Handys kannten nur seine Freundin Hedwig und Korporal Lüdi, der ihm unter seinen ehemaligen Kollegen stets der liebste gewesen war. Hedwig war über das Wochenende zu einem Meditationskurs in der Toskana gefahren, in die alte Römerstadt Lucca.

Er nahm das Handy und wählte Hedwigs Nummer. Es meldete sich der Beantworter. »Ciao bella«, sprach er, »ich hocke im Elsass und habe Langezeit nach dir. Hier ist so weit alles in Ordnung, außer dass ich einen Fehler gemacht habe. Ich habe nämlich das Eiserne Kreuz, das Heinrich Schmidinger um den Hals getragen hat, in der Tasche. Er ist totgeschlagen worden. Und geh einmal das marmorne Labyrinth anschauen, das in die Fassade des Doms eingelassen ist. Verirre dich nicht darin.«

Er schaltete das Handy aus. Vielleicht weil er unerreichbar sein wollte, für alle. Aus der Welt verschwinden. Sich verkriechen, im taufeuchten Gras liegen, den Käfern zuhören, die über seine Haut krochen. Das leise Rauschen der Weide im Ohr, über sich nichts als der Sternenhimmel. Eine Ewigkeit lang. Oder wenigstens eine Nacht.

Er genoss die kühle, feuchte Luft, die aus dem offenen Fenster hereinkam. Er lauschte dem Schnurren der beiden Katzen, die auf dem Tisch lagen, und überlegte, ob er eine Büchse Ravioli in die Pfanne hauen sollte. Er ließ es bleiben und beschloss, Nicole Schlienger zu besuchen.

Sie wohnte unten am Bach. Vor einigen Jahren hatte sie ihren Mann Martin verloren, der Komponist war, und lebte in einem alten Riegelhaus, zusammen mit Ziegen.

Sie hatte lange Jahre für die *Basler Zeitung* gearbeitet, erst als Korrespondentin in Mexiko, dann auf der Redaktion. Zuletzt war sie Redaktorin für Frauenfragen und Mode gewesen. Stets hatte sie ihren Mann Martin bei sich gehabt und ausgehalten. Bis sie mit nichts als einer schäbigen Rente in der Tasche wegen Umstrukturierungsmaßnahmen in den vorzeitigen Ruhestand entlassen wurde.

Sie saß in der Küche vor einer Schüssel Polenta und einer Literflasche Rotwein, als Hunkeler eintrat.

»Setz dich«, sagte sie, »iss und trink. Es ist genug da.«

Er setzte sich und schaute sich um, während sie einschenkte und schöpfte. Die niedere Decke, der Feuerherd, das Brennholz daneben. Das Fenster weit offen, draußen die Dunkelheit. In einer Ecke war Stroh aufgeschüttet. Eine Ziege war angebunden, ein winziges, beinmageres Kitz lag daneben.

»Es ist zu früh gekommen«, sagte sie. »Ich muss es aufpäppeln, sonst holt es der Wolf.«

Er aß von der Polenta, nahm einen Schluck Wein. Er war von der billigsten Sorte.

»Pass auf, wenn du heimgehst durch die Nacht. Nimm einen Prügel mit. Wenn du zwei Augen aufleuchten siehst, dann schlag drauf. Er oder du.«

Er betrachtete ihr aufgedunsenes Gesicht. Sie war einmal eine Schönheit gewesen, die durch Basels Beizen zog.

»Was schaust du so blöd?«, fragte sie. »Ich weiß schon, dass es ein miserabler Wein ist. Ich kann mir keinen besseren leisten.«

»Meinst du nicht, dass du zu viel allein bist? Geißen sind ja sympathische Tiere. Aber reden kannst du nicht mit ihnen.«

»Doch, ich rede mit ihnen. Und jetzt bist ja du da.«

Sie hob das Kitz aus dem Stroh, griff zur Milchflasche auf dem Tisch und versuchte, das Tier zu säugen. Es schien nicht zu begreifen, was da vor sich ging. Doch plötzlich begann es, gierig zu saugen.

»Siehst du«, sagte Nicole, »es versteht mich. Mal sehen, wer stärker ist, der Wolf oder ich. Also, was willst du?«

»Hast du etwas aus Basel gehört heute? Etwas aus dem Kannenfeldpark?«

»Ach so, deswegen bist du da. Klar habe ich etwas gehört. Der Schmidinger, den hat's erwischt. Ich bin gar nicht so einsam, wie du meinst. Ich bin online, verstehst du, rund um die Uhr. Ich weiß, dass du am Tatort warst.«

»Von wem hast du das?«

»Er nennt sich Caesar Augustus. Ich weiß auch, dass du die Polizei angelogen hast, einen Kommissär Madörin.«

»Wie angelogen?«

»Du hast behauptet, dass du zum Tatort gerannt bist. Dabei bist du geschlichen.«

»Der verdammte Otto. Dem drehe ich den Hals um.«

»Keine Privatnamen, nur Fakten. Alles anonym.«

Sie legte das Kitz wieder hin und stellte die Polentaschüssel vor die Ziege, die zu fressen begann.

»Um Schmidinger ist es übrigens nicht schade. Der war auch ein Wolf. Er hat mich aus der Redaktion geschmissen. Und er hat Martin zerstört.«

Hunkeler wusste, dass die beiden Kammern im ersten Stock voll von den Notenblättern waren, die Martin Schlienger im Laufe seines Komponistenlebens mit feiner Tuschfeder gefüllt hatte. Nicole hatte sie ihm voller Stolz gezeigt, sie hatten wunderschön ausgesehen.

»Warum zerstört?«, fragte er. »Martin hat doch ein Werk hinterlassen. Blatt um Blatt wunderbar beschrieben. Gezeichnete Musik. Dafür müsste es doch einen Markt geben. Kennst du keine Galerie, die sich dafür interessiert?«

»Nein«, sagte sie, plötzlich voller Hass, der ihr Gesicht verzerrte. »Martin war nicht Maler, sondern Komponist. Er hat nicht für die Augen geschrieben, sondern für die Ohren. Aber die Banausen der Basler Musikszene haben ihn totgebissen. Vor allem Schmidinger, die Bestie. Sie haben ihm den Schädel eingeschlagen, stimmt's?«

Hunkeler nickte.

»Martin hat von Pythagoras geschwärmt, von der Sphärenmusik, die Sonne, Mond und die Planeten spielen, das menschliche Ohr aber nicht wahrnimmt. Sie ist immerwährend da, aber wir hören sie nicht. Davon hat mir Martin immer die Ohren vollgeschwatzt. Er hat versucht, diese Musik für uns Menschen hörbar zu machen, sie zum Erklingen zu bringen. Er war ein genialer Narr. Kein Ton ist erklungen, außer das eine Mal, als zu seinem sechzigsten Geburtstag im Basler Casino seine Symphonie für Cello und Oboe uraufgeführt wurde. Cello für die gestrichene Saitenmusik, Oboe für die geblasene Atemmusik. Dahinter das ganze Orchester mit Blech und Holz. Das war wunderbar. Martin war im siebten Himmel.«

Sie zog ein großes Taschentuch hervor und tupfte sich die Augen ab. Sie öffnete eine neue Flasche und schenkte nach.

»Stimmt doch, oder was meinst du? Die heutige Welt kann nur von Narren gerettet werden, die zu den alten Griechen zurückkehren. Stell dir vor, die Sonne, der Mond und die Sterne musizieren zusammen. Eine wunderbare Harmonie im All, zu dem auch wir Menschen gehören.«

»Schön«, sagte Hunkeler und trank. Tatsächlich ein widerlicher Tropfen. Aber er brauchte jetzt kein lauteres Wasser, sondern Alkohol.

»Eigentlich hätte Kurt Zuber die Kritik schreiben müssen«, sagte sie, »er war zuständig für Musik. Ein gepflegter älterer Herr. Aber Schmidinger hat es verhindert. Er konnte das, weil er Mitglied der Chefredaktion war. Er hatte nur etwas im Sinn. Er wollte Martin kaputtschreiben. Ein Totalverriss. Und am Schluss die Frage, warum denn die Stadt Basel so viel Geld für ein hochqualifiziertes

Orchester ausgebe, wenn es einen solchen Schrott spielen müsse.«

Sie erhob sich, ließ Wasser in eine Schüssel fließen und stellte es vor die Ziege, die zu saufen begann.

»Ich bin einmal«, erzählte Hunkeler, »mit einer Katze hinten im Auto durch den Gotthard-Tunnel gefahren. Nach etwa fünf Kilometern gab sie seltsame Töne von sich, wie ich sie noch nie von einer Katze gehört hatte. Erschreckend, als ob ein ganz und gar fremdes Wesen in höchster Angst um Hilfe riefe. Sie hat weitergeschrien, oder besser gewimmert, bis etwa fünf Kilometer vor dem Tunnelende. Dann hat sie sich wieder beruhigt und lag still. Da habe ich gemerkt, dass sie in einem System drin lebte, in das sie ständig eingebunden war. Durch die Länge des Tunnels, durch die Gesteinsmassen darüber war sie offenbar abgeschnitten von diesem System. Das erschreckte sie so tief, dass sie diese beängstigenden Töne von sich gab. Was das für ein System war, weiß ich natürlich nicht. Ich weiß nur, dass es da war. Und dass es für sie lebenswichtig war. Vielleicht war es die Sphärenmusik des Pythagoras?«

Die Ziege hatte sich hingelegt ins Stroh, sie schien auf irgendetwas zu warten. Dann leckte sie dem Kitz übers Fell.

»Schmidinger, das Schwein«, sagte Nicole. »Er hat mich gehasst. Er hat die Frauen verachtet. Er hat immer eine Frau gehabt. Eine nach der andern. Keine hat es lang ausgehalten bei ihm. Ihm war es egal, er nahm einfach die nächste. Vermutlich hat er den Wechsel seiner Geliebten gar nicht bemerkt. Er wollte einfach etwas haben in der Nacht, das er rammeln konnte. Sie sahen alle gleich aus. Groß, schlank, mit schmalen Hüften. Androgyne, zart besaitete Wesen, die seine Männlichkeit bewunderten. Er hat sie alle kaputtgerammelt. Er hat sie vernichtet. Nicht aus Liebe, sondern aus Hass.«

Es war nach Mitternacht, als Hunkeler Nicoles Haus verließ. Er hatte reichlich Wein getrunken. Das merkte er, als er die drei Stufen hinunterstieg, die von der Haustür auf den Kiesplatz führten, und dabei beinahe über das Moped stolperte, das dort stand. Nicoles Erzählung hatte ihn aufgewühlt. Warum nur, fragte er sich, traf er immer wieder auf diese traurigen Gestalten, die ihm ihr gescheitertes Leben offenbarten? Warum hörte er ihnen zu? Wohl deshalb, weil diese Menschen tatsächlich etwas zu erzählen hatten, was ihn interessierte. Eine geglückte, vorbildliche Lebensgeschichte, fand er, war meist langweilig. Oder dachte er das nur, weil er betrunken war?

Es war eine klare Nacht, wolkenlos. Der abnehmende Mond hing im Osten. Er schaute hoch zu den wenigen sichtbaren Sternen. Die Lichter da oben musizierten zusammen, hatte Pythagoras vor zweieinhalbtausend Jahren behauptet. Welch wunderschöner Gedanke. Und welche Hybris, diese Musik nachkomponieren zu wollen.

Er stellte sich an das Ufer des Talbachs und pisste in die Brennnesseln, die dort wuchsen. Welch freundliches Plätschern. Der zweitgrößte Luxus des Menschen, dachte er, ist die Freiheit, nicht immer in diesen weißgekachelten Räumen in klinisch saubere Toilettenschüsseln urinieren zu müssen, sondern unter freiem Himmel ins Kraut.

Er lauschte auf weitere Geräusche der Nacht. Ein Rascheln, vielleicht von einer Maus. Das Aufheulen eines Motorradmotors oben auf der Hohen Straße. Das war der junge Raser aus Jettingen, der in den Mondnächten das ganze Hundsbachtal unsicher machte. Man erzählte sich, er fahre ohne Nummernschild, um die Polizeiwagen unerkannt abhängen zu können.

Dann war wieder Stille. Kein Sternenrauschen, keine Sphärenklänge aus dem All. Nur das leise Rieseln des Baches. Alles dunkel wie in einem Kuhbauch. Er grinste, diese Redewendung aus seiner Jugend erheiterte ihn. Überhaupt fühlte er sich plötzlich froh und zufrieden. Denn eigentlich, fand er, ging es ihm gut. Was sollte ihm die Stadt Basel? Die konnte ihm den Buckel runterrutschen. Er war ein Landmensch. Hier hatte er alles, was er brauchte. Wenn er sich ein bisschen betrinken wollte, konnte er zu Nicole gehen. Am Abend zur Zeit des Melkens zur Nachbarin in den Stall. Und wenn er Heimweh hatte, konnte er seine Freundin Hedwig anrufen und zum Essen einladen bei Scholler in Knoeringue.

Er kam an der Zimmerei von Felix Schmidt vorbei, der ihm das Dach neu gedeckt hatte. Eine riesige Fläche, Ziegel an Ziegel, alle aus Ton gebrannt. Das würde halten, solange er lebte, bei Schnee, Regen und Sturm.

Er roch das Holz, das Felix zu drei Meter hohen Stapeln aufgeschichtet hatte, Bretter verschiedener Dicke, alle aus der Umgebung. Buche und Eiche vorwiegend, ein bisschen Kirschbaum. Kein Nadelholz, Fichten und Tannen wuchsen hier keine. Er sah diese Stapel nicht genau, er ahnte sie eher.

Dann blieb er plötzlich stehen. Ein Rascheln war zu hören, ein Scharren, dann ein verzweifeltes Quietschen. Etwas huschte auf den Weg, ein wildes Tier. Ratte oder Marder? Ein Schatten folgte ihm, dunkel und böse. Fuchs oder Wolf? Der Schatten packte das wilde Tier und schüttelte es hin und her. Wieder das Quietschen. Dann war Ruhe. Der Schatten stand starr, regte sich nicht, mehrere Sekunden lang, fast eine Ewigkeit. Bis Hunkeler aus der eigenen Erstarrung erwachte und sich vorsichtig bewegte, auf die beiden Tiere zu. Das eine war ein Hund, das erkannte er gleich. Schwarz mit hellen Flecken, spitze Ohren, blutige Schnauze. Er hob den Kopf, sah Hunkeler und schlich knurrend Richtung Bretterstapel, den Schwanz eingezogen. Das andere Tier war eine Bisamratte, mit klaffender Wunde im Nacken. Hunkeler schob sie mit der Fußspitze in die Brennnesseln. Er hörte es vom Kirchturm her ein Uhr schlagen. Ein kurzer, trockener Schlag, in einer gewöhnlichen, schönen Nacht. Und doch hatte er soeben einem Kampf auf Leben und Tod beigewohnt. Er machte ein paar leise Schritte zum Bretterstapel hin. Ein scharfes Knurren stoppte ihn.

»Entschuldigung«, sagte Hunkeler, »ich will nicht stören. Aber scher dich zum Teufel in die Hölle, wo du hingehörst.«

Er ging weiter den Bach entlang Richtung Brücke, dort war das Licht einer Straßenlaterne zu sehen. Hinein ins Helle, dachte er, wo er nicht mehr vor diesem grausigen Schatten zittern musste. Einmal drehte er sich kurz um. Er glaubte, etwas Dunkles zu erkennen, das ihm folgte.

Bei der Brücke setzte er sich auf den Steinsockel des verwitterten St.-Imber-Kreuzes, das mehrere Jahrhunderte alt war. Es war das einzige Relikt aus jener Zeit. Alles andere hatten die Schweden im Dreißigjährigen Krieg zerstört. Die Dörfer verbrannt, die Bewohner getötet. Die Gegend hier, die nach Westen zur Burgundischen Pforte hinführte, war durch die Jahrhunderte ein beliebter Kriegsschauplatz gewesen. Den Bauern die Köpfe abschneiden, die Frauen aufschlitzen, setzt aufs Dach den roten Hahn.

Er wartete reglos. Bis im Licht der Straßenlaterne der Hund auftauchte, mit kurzen Beinen und spitzer Schnauze. Eine Promenadenmischung. Er bleckte die Zähne, die weiß aufleuchteten. Er knurrte leise. Dann begann er zu jaulen.

»Komm her«, sagte Hunkeler.

Das Tier legte sich auf den Bauch und kroch langsam heran. Das linke Hinterbein zog es hinter sich her.

»Hör endlich auf zu jaulen. Du hast ja gesiegt.«

Das Tier erreichte Hunkelers ausgestreckte Hand und begann, sie zu lecken.

»Lass das, du machst dich lächerlich. Zeig dein Bein.«

Hunkeler betrachtete den linken Hinterlauf. Die Bisamratte hatte kräftig zugebissen.

»Ich bin zwar kein Hundefreund, aber mit dir mache ich eine Ausnahme. Weil du kriegsversehrt bist. *Un mutilé de guerre*, so heißt das auf Französisch. Ich weiß das, weil früher in der Pariser Métro in jedem Wagen ein Platz frei blieb, eben für die *mutilés de guerre*.«

Das Tier hatte kurz aufgejault, als er den Hinterlauf betastete. Aber es hatte nicht zugebissen.

»Also gut. Ich nenne dich Kaspar, weil du ein Findelkind bist. Und ich nehme dich jetzt mit nach Hause und gebe dir zu fressen. Aber lange bleiben kannst du nicht. Du hast ja nicht einmal ein Halsband. Ein herrenloser Straßenköter, ein Schlägertyp. Warum legst du dich mit einer Bisamratte an? Was hast du davon? Sie ist tot, und du hast ein kaputtes Bein. Zecken hast du auch jede Menge. Und du stinkst aus dem Maul. Ich gebe dir einen guten Rat. Leg dich nicht mit meinen Katzen an, sonst kratzen sie dir die Augen aus. Verstanden?«

Er nahm das Tier vorsichtig in die Arme und ging mit ihm durch das schlafende Dorf.

An andern Morgen erwachte er, weil jemand anrief, mehrmals hintereinander. Er verfluchte wieder einmal das Telefon. Aber den Stecker ziehen konnte er auch nicht. Sonst hätten sie gewusst, dass er hier war.

Ein schöner Sommermorgen, das Sonnenlicht fiel auf die rotweiß karierte Daunendecke. Er fühlte sich leicht und froh. Dann hörte er jemanden schnaufen, ein kurzes Knurren. Es war der Köter Kaspar, der neben der Kommode auf einer Wolldecke lag und irgendwas Böses träumte.

Das verdammte Biest, dachte Hunkeler. Was hatte er sich da wieder eingebrockt, aus purer Sentimentalität? *Un chien perdu sans son collier,* so hieß es in der Musette-Melodie, die er seit seiner Zeit in Paris noch immer im Ohr hatte. Ein Hund, der ohne sein Halsband verloren war. So ein Kitsch. Und wo waren die Katzen, die sonst beim Erwachen zu seinen Füßen lagen? Die hatte der Stinker am Boden vertrieben.

Er erinnerte sich, dass er ihn gestern Abend auf den Küchentisch gelegt und den Hinterlauf mit Jodtinktur besprüht hatte. Dass er ihm die Zecken entfernt und in einem Glas Schnaps ersäuft hatte. Dann hatte er für ihn eine Büchse Ravioli in einen Teller gelöffelt. Eigentlich wollte er ihn im Gang draußen schlafen lassen. Aber Kaspar hatte so laut gejault, dass er ihn ins Schlafzimmer nahm. Jetzt hatte er den Dreck.

Er erhob sich, packte den Köter am Nacken und trug ihn durch den Gang vor die Haustür. Dort setzte er ihn auf den Kies.

»Und ciao«, sprach er, »hau ab.«

Dann ging er zum Hühnerstall, ließ die Hühner hinaus und griff sich die beiden Eier, die sie gelegt hatten.

»Ich glaube«, sprach er zu Hahn Fritz, »du hast einen Kollegen bekommen. Noch so ein ausgemustertes Wrack. Ab sofort eröffne ich hier ein Veteranenheim.«

Kurz vor zwölf hörte er es draußen bellen. Dann klopfte jemand an die Tür. Es war Gendarme Paul Wirz aus St.-Louis.

»Du hast ja einen richtig scharfen Wachhund«, sagte er und zeigte auf Kaspar, der sich hinters Haus verzog.

»Ach was«, sagte Hunkeler. »Ein zugelaufener Straßenköter. Ich nenne ihn Kaspar, nach Kaspar Hauser.«

»Wer soll das sein?«

»Ein Findelkind, das von Wölfen aufgezogen wurde. Oder so ähnlich. Komm herein.«

Sie setzten sich in die Küche.

»Nimmst du einen Schluck Weißen?«

»Danke, ich bin im Dienst.«

»Eben drum«, sagte Hunkeler, öffnete eine Flasche Riesling vom Käferkopf und schenkte ein. »Zum Wohl.«

Wirz schaute auf die Wiese hinaus.

»Mon Dieu«, sagte er, »hast du den alten Gockel immer noch? Warum schlägst du ihn nicht tot?«

»Weil ich auch nicht gern hätte, wenn mich jemand totschlüge.«

Wirz nickte und nahm einen Schluck.

»Staatsanwalt Suter hat angerufen. Du sollst dich melden, dringend. Oder, noch besser, sofort im Waaghof vorsprechen.«

Hunkeler nahm einen Schluck, genüsslich. Er mochte die erfrischende Säure, er brauchte sie dringend.

»Was isch los?«, fragte Wirz.

»Im Kannenfeldpark ist gestern ein toter Mann gefunden worden.«

»Heinrich Schmidinger, ich weiß. Er hat vor Jahren in Rosenau am Rhein unten ein altes Haus gekauft. Ein freundlicher Monsieur, habe ich gehört. Er soll von der Police Nationale in Mulhouse überwacht worden sein. Wegen Geldüberweisungen nach Zagreb. Très mystérieux. Ich weiß das von Commissaire Bardet. Und er sei regelmäßig nach Dornbirn gefahren.«

»Warum gerade Dornbirn? Wo liegt das überhaupt?«

»Ça, je ne sais pas«, sagte Wirz, »keine Ahnung.«

An der Küchentür war ein Kratzen zu hören.

»Hast du die Haustür offen gelassen?«, fragte Hunkeler.

»Woher soll ich das wissen?«

Hunkeler erhob sich, öffnete die Küchentür, packte Kaspar am Nacken und warf ihn hinaus.

»Er hat kein Halsband«, sagte Wirz. »Et ça, dasch nid erlaubt.«

»Nimm ihn mit«, sagte Hunkeler, »verhafte ihn.«

»Diesen Köter? Mais non. Bon. Suter meint, du seist ein Tatzeuge in Sachen Schmidinger.«

»So ein Schwachsinn. Der ist verrückt.«

»Wenn es stimmt, so müssen wir dich wohl verhaften und ausliefern.«

»Erstens wäre es mir neu, dass Frankreich einfach so Tatzeugen an die Schweiz ausliefert. Und zweitens kann von Tatzeuge keine Rede sein. Er war ja schon tot, als ich am Sonntagmorgen den Park betrat.«

»Woher weißt du das?«

»Es war so: Ich habe im Park einen Kaffee getrunken. Da ist eine türkische Frau angerannt gekommen. Sie hat gesagt, drüben beim Schuppen liege ein toter Mann. Ich habe nachgeschaut und den toten Schmidinger gefunden. Das ist alles.«

»Warum hast du nicht die Polizei angerufen?«

»Das hat der Inhaber des Cafés gemacht.«

»Et pourquoi versteckst du dich im Elsass?«

»Weil ich die Nase gestrichen voll habe von der Basler Polizei.«

»Ça«, sagte Wirz und erhob sich, »je comprends. Bon, ich habe dich gewarnt. Und zieh deinem Köter ein Halsband an, sonst gibt's Ärger.«

Abends um sechs ging Hunkeler in den Stall gegenüber, wo die Bäuerin am Melken war. Es standen nur noch zwei Milchkühe an der Krippe. Im Stroh lagen zwei Kälber.

»Danke, dass Sie zu den Hühnern geschaut haben«, sagte er.

»Merci für die Eier«, antwortete sie.

Das war eine Art Begrüßungsritual, wenn er ein paar Tage weg gewesen war.

»Wo ist die dritte Kuh?«

»Die hat der Metzger geholt.«

»Wie geht's dem Mann?«, fragte er.

»Er sitzt in Jettingen beim Skat, comme toujours. Solange er Skat spielt, geht's ihm gut.«

Sie hatte eine Hand auf den Rücken einer Kuh gelegt. Es fiel ihm auf, dass sie alt geworden war. Und er fragte sich, ob sie das Gleiche wohl über ihn dachte.

Eine Schwalbe flog herein zum Nest hinten an der Decke. Ein paar weit aufgerissene Schnäbel erschienen dort, die nach Futter verlangten.

»Das ist schon die zweite Brut«, sagte die Frau. »An Mariä Geburt fliegen die Störche und Schwalben furt, hat man früher gesagt. Das ist das einzige Nest, das wir heuer voll haben. Es ist der Mais, der alles verändert. Was will man? Und die Frau, geht's ihr gut?«

»Ich denke schon. Sie ist über das Wochenende in der Toskana.«

»Am Meer?«

»Nicht ganz. Aber das Meer ist nicht weit weg.«

Eine zweite Schwalbe flog herein. Und wieder ging das Gepiepse der Jungen los.

»Nächstes Jahr höre ich auf mit dem Melken«, sagte die Frau. »Dann fahren wir mit dem Bus in die Camargue, wir Frauen von der Genossenschaft. Ans Meer, zu den Flamingos. Waren Sie schon in der Camargue?«

»Ja, als ich zwanzig war.«

Er schaute zu, wie sie die Saugstutzen der Melkmaschine von der einen Kuh wegnahm und ans Euter der andern hängte.

»Was ist denn in Basel los?«, fragte sie. »Da schlagen sie einen alten Mann tot, mitten im Park. Wer macht so eppis?«

»Ich weiß es nicht. Ich bin nicht mehr bei der Polizei, und ich bin froh darüber.«

»Warum leben Sie eigentlich da drüben, dans

cette ruine? Sie könnten doch mit Ihrer Frau ans Meer ziehen.«

Ja, warum eigentlich?, überlegte er.

»Das Haus«, sagte er, »ist zwar alt. Aber es funktioniert noch tadellos. Das Dach hat Felix neu gedeckt. Und die Eichenbalken, die alles tragen und zusammenhalten, überleben uns beide. Und es ist belebt. Es wohnen Fledermäuse im Gebälk irgendwo. Wo sollen sie hin, wenn das Haus abgerissen wird?«

»In den Kirchturm vielleicht. Was haben Sie von Fledermäusen? Rien, gar nüt. Es gibt seit einiger Zeit eine neue Partei in Hundsbach drüben, les Verts, di Grüene. Die schwatzen uns die Ohren voll, wir sollen anders bauern. Nachhaltig, c'est le mot, obschon es niemand versteht. So wie früher halt. Aber wer bezahlt mir das gute Kalbs- und Schweinefleisch, das ich produziere? C'est tout bio, alles bio. Ich bekomme aber genau gleich viel dafür wie die Fleischfabriken. Ich mache das alles, damit ich etwas zu tun habe und die Zeit vergeht. Aber man verdient nichts, au contraire, me zahlt druf. Deshalb will ich aufhören. Verstehen Sie das?«

Hunkeler nickte.

»Les socialistes«, sagte die Frau, »die haben uns in den letzten Jahren belogen. Alles werde besser, haben sie behauptet, wenn wir sie wählen. Nüt isch besser wurde, alles schlechter, encore pire. Darum wählen jetzt viele im Dorf Madame Le Pen. Weil die tatsächlich etwas ändern will. Bon, man wird sehen.« Sie stellte die Melkmaschine ab und machte sich daran, die Kälber zu tränken. »Vor dem Hund, der Ihnen zugelaufen ist, sollten Sie sich übrigens hüten. Ein wildes Tier. Er frisst Ratten. Man kennt ihn im ganzen Tal. Er versucht es immer wieder, aber niemand will ihn aufnehmen.«

»Was soll ich tun? Er läuft mir nach.«

»Man sollte ihn totschlagen.«

»Sie hatten doch früher auch einen Hund?«

»Mais oui, Micky. Ein lieber Kerl.«

»Haben Sie das Halsband weggeworfen?«

»Mais non, dort hängt es.«

Sie zeigte auf einen Nagel in einem Deckenbalken, an dem ein Hundehalsband hing.

»Sie können es haben. Aber es wird nichts nützen. Er wird sich freibeißen.«

In der Küche öffnete er den Schrank und zählte die Büchsen mit Teigwaren. Es waren über zwanzig. Die würden lange reichen, auch wenn Kaspar mitfraß. Er nahm eine mit Cannelloni, öffnete sie und machte sie in der Pfanne heiß. Dann raffelte er ein Stück harten Käse und streute ihn darüber. Er aß mit Vergnügen. Er holte aus dem Eisschrank die noch halbvolle Flasche Riesling, ging hinaus und setzte sich auf die Bank unter dem Küchenfenster.

Was er sah, gefiel ihm überaus gut. Die magere Wiese, die nach dem ersten Schnitt nur schwach nachgewachsen war. Ein paar zarte Farbtupfer drin, gelb, lila und weiß, Blumen, die er von Kindheit an kannte. Er schaute in den Himmel hinauf, ob schon ein Stern zu sehen war. Ein Jet leuchtete dort oben, ein fremdes Blitzen, stumm und geheimnisvoll. Der flog wohl nach Paris zum Flughafen Charles de Gaulle, an Bord müde Geschäftsleute. Bald würden sie landen, sich in ein Taxi setzen und, nach einer halben Stunde im Stau, ihre liebe Frau küssen. Oder auch nicht. Denn wer hatte heutzutage noch eine liebe Frau zu Hause.

Er dachte an die Bäuerin im Nachbarhaus, die vom Meer träumte. Dieses Träumen machte sie für Augenblicke glücklich, obschon sie nur deshalb so schön träumen konnte, weil sie im Stall festgebunden war wie eine Kuh an der Krippe. Er, Hunkeler, hätte sich alles leisten können, was er wollte. Er konnte in die Rheinebene hinunterfahren und sich ohne weiteres in ein Flugzeug setzen, das zum Beispiel nach Rio de Janeiro flog, quer über den Atlantik durch die Nacht. Er konnte sich, wenn er wollte, an der Copacabana ein schönes Hotelzimmer mieten, einen Strohhut aufsetzen und am Strand spazieren gehen. Das war das, wovon er früher geträumt hatte. Aber jetzt, wo es möglich war, wollte er nicht mehr. Vielleicht deshalb nicht, weil dieses Wandern am Strand von Rio in der Phantasie viel schöner war, als es in Wirklichkeit sein würde? Oder weil er es verpasst hatte?

Er hatte vieles verpasst im Leben. Er war zum Beispiel nie über den Äquator gekommen, obschon er dies immer tun wollte. Aber irgendwie hatte es nie geklappt. Was ihm jetzt ganz recht war. Die eine Hälfte der Erdkugel war ihm mehr als genug.

Wovon träumte er denn? Hatte er überhaupt noch Träume?

Er schenkte sich Wein nach und trank. Der Himmel über ihm war stahlgrau geworden. Nur im Westen hing noch ein Streifen Rosa.

Jawohl, er hatte noch Träume. Und zwar träumte er von seiner Jugend. Davon, wie er mit seiner Freundin per Autostopp das Rhonetal hinunterfuhr, nach Les Saintes-Maries-de-la-Mer. Sie kamen nur langsam voran. Am ersten Tag bis Vienne. Am zweiten Tag bis Avignon. Dort übernachteten sie in einem Park gegenüber dem Papstpalast. Die ganze Nacht blies ein heftiger, kalter Wind, der Mistral. Am frühen Morgen dann das Aufschimmern des riesigen Palastes über der Rhone, ganz und gar fremdartig, orientalisch verschlossen anmutend, fast ein bisschen bedrohlich. Diesen frühmorgendlichen Anblick jedenfalls hatte er nicht verpasst. Die Umarmung seiner Freundin nicht, die sich bei ihm ein bisschen Wärme holen wollte. Den weiten Himmel über den Étangs nicht. Die burgähnliche Kirche der drei Marien und den feinen Sand nicht, den der Wind aus der Sahara über das Meer getragen hatte. Das alles war genau richtig gewesen für ihn damals, und für seine Freundin auch. Und jetzt war anderes für ihn richtig. Zum Beispiel die Wiese vor seinen Augen. Die dunklen Bäume. Die Stille.

Er merkte, wie er langsam einnickte. Er merkte es daran, dass er nach links auf die Bank hinunterkippte. Er richtete sich auf und sah, dass es die Stunde der Fledermäuse war. Sie huschten durch den Himmel, nur kurz wahrnehmbar, tauchten dann wieder in die Dunkelheit ein. Er hätte gerne gewusst, wo sie wohnten. Ob sie irgendwo im Gebälk überwinterten oder im Herbst, wenn die Luft für ihre Nahrung, die Mücken, zu kalt wurde, in nächtlichen Schwärmen nach Afrika zogen. Aber das war wohl das Wesen dieser Flattertiere, sie waren und blieben geheimnisvoll.

Mitten in der Nacht erwachte er und hörte ein Rumpeln, das aus der Küche kam. Er machte Licht und sah, wie die beiden Katzen auf den Boden hinuntersprangen und unter der Bettstatt verschwanden. Das erschreckte ihn, denn üblicherweise brauchte es einiges, sie aus ihrem wohligen Schlaf zu holen. Langsam erhob er sich und ging in den Gang hinaus. Wieder das Rumpeln, ein Scheppern, als ob Geschirr zerbräche. Er spürte ein Zittern in den Knien. Vor Kälte, redete er sich ein, obschon er wusste, dass es Angst war. Er riss die Küchentür auf. Vor ihm stand ein Tier, das ihn aus funkelnden Augen anstarrte. Das Funkeln kam vom Widerschein der Lampe im Gang, das war ihm klar. Trotzdem waren diese Augen so entsetzlich wild, dass ihm kalt wurde im Nacken. Beinahe hätte er die Tür wieder zugezogen, um sich zu retten. Aber er hielt stand, diesem Blick, seiner Angst. Bis das Tier über den Tisch zum offenen Fenster hinaussprang.

Es war der Hund Kaspar gewesen. Seltsamerweise hatte ihn diese Erkenntnis nicht zu beruhigen vermocht. Er hatte irgendetwas geträumt, etwas Böses. Das Scheppern hatte ihn aus diesem Traum gerissen, ohne allerdings die Traumrealität ganz verscheuchen zu können.

Daher das Zittern. Er zitterte immer noch. Daher die Angst.

Er setzte sich für einen Moment an den Küchentisch. Dieser war aus Holz. Und zwar aus dem Holz einer Buche, er sah die feine Maserung. Ein Wort hätte jetzt gutgetan, eine menschliche Stimme. Von Hedwig zum Beispiel. Eine Berührung durch ihre Hand.

Er lauschte in die Nacht hinaus. Stille, keine Geräusche. Bloß ein leises Rascheln vom Wind, der durch das Laub der Weide ging. Oder war das Rascheln bloß Einbildung? Weil er die Stille nicht ertrug?

Es war ihm nach einer Weile, als sei da doch etwas zu hören. Unwirklich, von ferne, aus einem anderen Land. Wieder erschrak er, aber es war kein Erschrecken vor Angst. Vielmehr war es ein tröstliches Erkennen. Tatsächlich spielte jemand Flöte in der Nacht. Bloß ein paar wenige Töne. Dann eine Pause. Bis wieder dieselben Töne einsetzten. Es war ein Staunen, das Hunkeler ergriff. Darüber, dass er, Hunkeler, gemeint war in dieser Nacht. Denn es war klar, dass diese Musik für ihn gespielt wurde.

Er löschte das Licht und trat vor die Haustür. Er setzte die nackten Füße ins taufeuchte Gras, geräuschlos, er wollte niemanden verscheuchen. Er ging zum Stamm des Nussbaums, den er vor langer Zeit gepflanzt hatte. Hier fühlte er sich sicher.

Von links, von der Brücke her, näherte sich eine

dunkle Gestalt. Ein Mann vermutlich, hochaufgeschossen und dünn, mit einem Zylinderhut auf dem Kopf. Er ging, nur schwach im Umriss erkennbar, gemächlichen Schrittes durch die Schwärze der Nacht, als würde er von unsichtbarer, fremder Macht geleitet. Er blies eine kleine Flöte, aus Bambus wohl ihrem leisen und doch weittragenden Klang nach. Er schritt knappe zehn Meter vor Hunkeler über den Weg, der nach hinten in den Wald führte.

Hunkeler rührte sich nicht, festgebannt auf den Ort, wo er stand. Bis die Töne verklangen in der Dunkelheit, die jetzt alles einhüllte.

Am andern Morgen spazierte Hunkeler zum Bach hinunter. Ein strahlender Tag, das Sonnenlicht gleißend. Die Schatten dunkel, fast schwarz. Er dachte an die nächtliche Gestalt mit Zylinderhut. Unwirklich war sie gewesen. Und doch hatte er die Flötentöne gehört. Oder war es ein Traum gewesen, durch den ein dunkler Mann geschritten war? Ein Engel vielleicht, eine helfende Frau?

Er klopfte an Nicoles Haustür, dreimal. Nach einer Weile hörte er sie heranschlurfen, langsamen Schrittes. Sie öffnete und bat ihn in die Küche. Er sah die Ziege in der Ecke, daneben das Kitz auf dünnen Beinen.

»Es kann bereits stehen«, sagte Nicole. »Ich bin sicher, ich bringe es durch. Wein?«

»Nein danke. Am Morgen nicht.«

Gemeinsam schauten sie zu, wie die Geiß ihr Junges ableckte.

»Und?«, fragte er. »Was meldet Caesar Augustus?«

»Sie haben Walter Traufer eingebuchtet.«

»Was? Den Schriftsteller, der an der Hegenheimerstraße wohnt?«

»Ja. Sie haben ihn noch gestern Abend im Straßburger Hof verhaftet. Ein Kommissär Madörin, offenbar ein scharfer Hund.«

»Aber Traufer kann doch keiner Fliege etwas zuleide tun.«

»Caesar Augustus meint, der begründete Tatverdacht bestehe darin, dass Traufer sich für Schmidingers Verrisse in der *Basler Zeitung* habe rächen wollen. Weil er eine Mimose sei.«

»So ein Blödsinn«, schimpfte Hunkeler. »Wo leben wir hier eigentlich? In einem Rechtsstaat oder nicht?«

Sie schob sich ein Knäckebrot in den Mund, kaute langsam.

»Tiberius meint, eigentlich hätte Traufer ein Alibi für die vorige Nacht, da er bei seiner Freundin in Dornach war.«

»Wer ist jetzt dieser Tiberius schon wieder?«

»Alles inkognito, keine Namen. Diese Freundin heißt Carla Casali. Sie will nicht, dass Traufer sie mit dem Auto besucht. Weil sie kein fremdes Auto vor ihrem Haus stehen haben will, wegen der Leute. Also fährt Traufer jeweils mit dem Tram hin. Deshalb fällt Traufers Alibi ins Wasser, weil niemand sein Auto vor Frau Casalis Haus hat stehen sehen. Das ist aber bloß die Meinung von Tiberius, mit Vorsicht zu genießen.«

Sie schenkte sich Kaffee ein.

»Willst du auch?«

Er rümpfte die Nase, nein. Er überlegte fieberhaft.

»Die sind alle verrückt geworden«, sagte er. »Leihst du mir dein Moped aus? Deine gelbe Jacke und den Helm?«

»Warum denn das?«

»Es war ein Gendarme bei mir, aus St.-Louis. Er hat gesagt, sie suchen mich in Basel, weil ich Tatzeuge sei.«

Sie lachte schallend, so dass das Kitz einen Sprung machte und auf den Rücken fiel.

»Und jetzt schleichst du dich mit meiner Elsässer Nummer hinten am Moped und im Kompakthelm nach Basel, um nach dem Rechten zu sehen? Hunkeler undercover, das ist heiß, das gefällt mir. Du fällst doch auf wie ein Kanarienvogel unter Spatzen. Das muss ich gleich melden.«

»Halt, es wird nichts gemeldet. Die Polizei liest mit.«

»Stimmt, ich Esel. Hier ist der Schlüssel. Der Helm liegt auf dem Gepäckträger.«

Er fuhr nach Knoeringue, dann am Täuferhof vorbei, wo an die fünfzig Milchkühe auf der Weide standen. Die Täufer, die noch unter dem Ancien Régime aus dem Bernbiet ins Elsass ausgewandert waren, produzierten als Einzige noch Milch, auf großen Höfen außerhalb der Dörfer.

Er fuhr über die Hochebene, wo ein Golfplatz angelegt wurde. In Folgensbourg links der »Aigle«, eine ehemalige Poststation der Habsburger. Von hier führte die Straße sanft hinunter in die Rheinebene, wo der Flughafen und die alte Stadt Basel zu sehen waren. Dahinter erhoben sich die dunklen Berge des Schwarzwaldes.

Beim Restaurant Bellevue zweigte er ab in Richtung Wentzwiller. Das Dorf wirkte ausgestorben, wie alle grenznahen Dörfer. Keine Bäckerei, kein alter Spezereiladen, bloß das neue Gebäude des Crédit Mutuel. Die große Wirtschaft an der Kreuzung war seit Jahren geschlossen.

Als er durch das liebliche Tal nach Buschwiller

rollte, an den ungepflegten Apfelbäumen vorbei mit immergrünen Misteln in den Kronen, fragte er sich plötzlich, was er eigentlich im Sinn hatte. Er hatte doch vorgehabt, einige Zeit im Elsass zu verbringen, bei Katzen, Vögeln und Fledermäusen. Und heute Abend würde ihn Hedwig besuchen. Sie hatten sich bei Scholler in Knoeringue zum Essen verabredet.

Stattdessen fuhr er doch wieder nach Basel, dazu noch in dieser lächerlichen Vermummung. Beinahe wäre er umgekehrt. Aber er kehrte nicht um, weil er das Umkehren hasste. Er rollte über den Grenzübergang Bachgraben auf den Kannenfeldplatz. Dort parkte er vor dem Tankshop.

Er ging hinein und holte sich Brot, Milch, Salami und die *Neue Zürcher Zeitung*, das einzige Blatt aus der deutschen Schweiz, das sich, wie er fand, noch zu lesen lohnte. Er trat zu Musa Dogan an die Kasse.

»Mein Gott, Hunkeler«, sagte der, »wie siehst denn du aus? Wie ein Polarforscher.«

»Kein Wort über mich«, sagte Hunkeler leise. »Du kennst mich nicht. Ich bin inkognito hier.«

»Sie suchen dich. Weißt du das nicht? Komm nach hinten, ich verstecke dich.«

»Nein, nicht nötig. Ich möchte wissen, wie es deiner Mutter geht.«

»Sie hat einen Schock, wegen der Leiche. Und Angst, wegen ihrer Aufenthaltsgenehmigung. Sie haben sie verhört, auf dem Waaghof. Sie liegt im Bett in meiner Wohnung.«

»Dann grüß sie von mir.«

Er bestellte an der Bar einen Kaffee und setzte sich draußen ins pralle Sonnenlicht. Zwei ältere Motorradfahrer in schwarzer Ledermontur saßen am Nebentischchen, ihre Harleys standen aufgebockt bei den Zapfsäulen. Sie unterhielten sich über die heutige Tour in die Alpen. Sonst saßen nur Männer da, die in einer Sprache redeten, von der er kein Wort verstand. Er hob den Helm vom Kopf und überlegte, ob er die Zeitung lesen sollte. Aber es war zu heiß.

Eigentlich saß er gern hier, er fand es wunderbar proletarisch. In der Platzmitte der Kiosk, vor hundert Jahren erbaut, mit Toiletten für Damen und Toiletten für Männer, wie es sich gehörte. Mit einem Tabak- und Zeitungsladen, der von einer tamilischen Familie geführt wurde. Der Flughafenbus glitt vorbei, halb schlafende Gesichter hinter den Scheiben. Drüben sah er die dunklen Bäume des Parks. Er überlegte, ob er hineingehen sollte. Er wagte es nicht.

Als er den Kaffee getrunken hatte, erhob er sich und ging zur Kunstgalerie, die nebenan in einer ehemaligen Garage eingerichtet war. Dort war es bestimmt kühler. Zudem nahm es ihn schon lange wunder, was das für Kunst war, die in diesem Scherbenviertel verkauft werden sollte. Er las den Zettel neben dem Eingang, geschrieben von der ausstellenden Künstlerin.

»Ich habe nun über dreißig Jahre nicht viel anderes gemacht, als zu versuchen, im unendlichen Wasser zu schweben, ohne Anfang, ohne Ende, und manchmal kann ich mir vorstellen, dass dieses Sich-im-Wasser-Drehen endlos weitergehen wird, so wie es auch im Endlosen angefangen hat, vielleicht.«

Das fand er gut. Er ging hinein und schaute sich einige der Bilder an, die an den schneeweißen Wänden hingen. Schön, fand er, auch wenn ihm nicht klar war, was sie bedeuten sollten. Vielleicht nichts? Vielleicht war das Kunst, vielleicht auch nicht. Wer wusste das schon? Er jedenfalls nicht.

Hinten im Raum saß an einem Tischchen eine ältere Frau.

»Schau an«, sagte sie, »der knallgelbe Hunkeler, einem Hitzschlag nahe. Was verschafft mir die Ehre?«

Es war Käthi Jaun, eine Bauerntochter aus dem Emmental, eine stadtbekannte Stromerin, vor allem deshalb, weil sie stets, ob Sommer oder Winter, barfuß herumlief.

»Keine Angst«, sagte sie, »die Bilder sind nicht von mir. Ich passe bloß auf. Kaffee?«

»Danke, nein«, sagte er, »nur Wasser, viel Wasser.«

Sie erhob sich, um Leitungswasser in ein Glas laufen zu lassen.

»Quellwasser aus dem Schotterbett des Rheingrabens«, sagte sie, »aus tausend Metern heraufgeholt in die Neuzeit, blitzsauber und gesund. Was willst du mit der Damenjacke?«

»Die ist gegen die Zugluft. Ich bin mit dem Moped hier.«

»Ach so, du verkleidest dich. Geheimagent Hunkeler, das ist richtig scharf.«

Sie brach in ihr dreckiges Gelächter aus, das er so gern hörte, weil es direkt aus ihrer umfangreichen Tiefe kam.

»Bevor du umkippst«, sagte sie, »hinten gibt es eine Dusche.«

»Danke, nein, es geht ganz gut.«

Er trank das Glas in einem Zug aus.

»Noch eins?«

»Ja gern.«

»Sag mal, unter Freunden, alle reden über dich. Was hast du tatsächlich verbrochen?«

»Warum? Nichts.«

»Warum bist du denn hier? Im Elsass ist es kühler. Du hast doch den toten Heinrich Schmidinger gefunden. Bloß Zufall?«

»Was denn sonst? Ich war einfach im falschen Moment am falschen Ort.«

»Dann lies mal die Zeitung hier.«

Sie deutete auf das Zürcher Boulevardblatt, das vor ihr lag.

»Was steht da drin?«, fragte er.

Sie las vor: »Die Leiche im Park. Frage: Wo ist die dritte Kugel? Warte, ich hole dir ein Handtuch.«

Sie ging nach hinten. Und er las, was auf der dritten Seite stand, verfasst vom dicken Hauser, der schnellsten Kamera Basels. Der Schädel zertrümmert mit einer Boulekugel, zwei weitere Kugeln zwischen den Beinen. Ein Grasbüschel zwischen den Zähnen. War das eine Botschaft? Ein Altkommissär findet die Leiche. Purer Zufall? Und: Wir bleiben dran.

Er griff zum Handtuch, das ihm Käthi geholt hatte, und wischte sich das Gesicht ab.

»Es ist schlimmer, als ich gedacht habe«, sagte er.

»Ach was. Dieses Scheißblatt nimmt in Basel niemand ernst.«

»Aber alle lesen es.«

»Nicht mehr. Heute gehen alle ins Netz.«

»Was steht denn dort?«

»Das weiß ich doch nicht. Ich habe nicht einmal

ein Handy. Wir Alten müssen an der alten Welt festhalten. Sonst geht sie endgültig vor die Hunde. Glaubst du nicht?«

Er lächelte gequält. Dann nickte er.

»Und was steht denn in der *Basler Zeitung*?«, fragte er.

»Nur kurz, ein sachlicher Bericht. Darüber, dass die Leiche von Heinrich Schmidinger im Kannenfeldpark gefunden wurde. Sonst nichts. Keine Vermutung, keine Spekulation.«

»Und meine Person?«

»Kein Wort. Aber lies doch selber, ich habe die *BaZ* hier.«

Er schüttelte den Kopf. Er mochte nichts lesen, gar nichts.

»Bringst du mir noch ein Wasser?«, bat er.

Er schaute sich noch einmal Hausers Bericht an. Das Bild dazu zeigte den Haupteingang des Kannenfeldparks. Vier heilige Männer auf Sockeln, die einst den Friedhof behüteten. Das hieß, dass Hauser nicht vor Ort gewesen war. Sonst hätte er sofort ein Bild gemacht und dieses Bild ins Blatt gerückt. Im Weiteren hieß das, dass er einen Zuträger hatte. Denn die Details konnte er unmöglich erfinden.

»Es ist widerlich«, sagte er. »Da sitzt du friedlich am Sonntagmorgen im Park, trinkst Kaffee und hörst den Kirchenglocken zu. Und dann stehst du plötzlich in der Zeitung. Was soll ich tun? Zur Colmarer Straße fahren, wo Hauser wohnt, und ihn verprügeln? Oder gleich zum Waaghof und mich stellen?«

»Du solltest erst mal deine Jacke ausziehen. Hier drin verhaftet dich jedenfalls niemand.«

»Nein.«

»Dann fahr einfach wieder hinaus, und lass Gras drüber wachsen.«

»Stimmt. Jetzt hätte ich doch gern einen Kaffee.«

Er schaute ihr zu, wie sie die Maschine betätigte.

»Im Grunde«, sagte er, »bist du ein großer Schatz. Weißt du das?«

»Klar weiß ich das.«

»Wo übernachtest du eigentlich?«

»Im Winter bei meinem Bruder in Kleinbasel. Im Sommer meistens im Park.«

»Da drüben?«

»Klar.«

»Ist das nicht verboten? Ich meine, der Park wird doch von 22 Uhr bis 6 Uhr in der Früh zugesperrt.«

»Da würde noch mancher staunen, wenn er wüsste, was in warmen Nächten im Park los ist. Ein idealer Schlafplatz. Und der Ueli lässt die Toilettentür offen. Da hast du alles, Klosett und fließend Wasser. Von der Flughafenseite kommt man beim

Café Ankara ohne weiteres hinein, da gibt es eine Lücke in der Mauer. Und für die kleine Pforte von der Burgfelderstraße her sind Dutzende Schlüssel im Umlauf.« Sie griff sich in die Tasche und legte einen Schlüssel aufs Tischchen. »Hier, das ist meiner.«

»Woher hast du den?«

»Von Ueli Zgraggen aus Bristen.«

»Was, vom Stadtgärtner?«

»Ja, er hat ein weiches Herz. Er wohnt gleich hier um die Ecke. Diesen Schlüssel kannst du bei jedem Schlüsseldienst nachmachen lassen. Das dauert fünf Minuten. Willst du auch einen? Ich leihe dir meinen aus.«

»Schlafen in einer Wiese«, sagte er, »das ist genau das, was ich im Moment am liebsten tun würde. Vielleicht später.«

Draußen stülpte er sich den Helm über. Lächerlich fand er das, total sinnlos. Ein bisschen kam er sich vor, als wäre er auf der Flucht. »Herrgottsack«, fluchte er, »ich alter Vollidiot.«

Er fuhr an der alten Friedhofsmauer entlang bis zum Café Ankara. Dort hielt er kurz an. Richtig, dort war die Lücke in der Mauer. Er rollte weiter und bog in die Glaserbergstraße ein. Eine gediegene Wohnlage. Gepflegte Vorgärten mit allerlei

Grünzeug, aus Asien oder weiß der Teufel woher eingeführt, Forsythien statt Weißdorn, an die sich weder Bienen noch Schmetterlinge heranmachten. Blanke Rasenstücke, in die sich keine Ameise verirrte. Und dies, obwohl hier lauter wohlmeinende Naturschützer wohnten, die Wale und Indianer retten wollten und bei den Großratswahlen rotgrün wählten.

Auf der Höhe von Schmidingers Haus stand Polizeiwachtmeister Schaub hinter einem Gebüsch, als Gärtner verkleidet mit einem Laubrechen in der Hand. Er beobachtete, ob jemand Schmidingers Witwe Ruth Mangold besuchen wollte. Hunkeler fand den alten Wachtmeister genauso lächerlich wie sich selber. Fast hätte er laut herausgelacht, aber er beherrschte sich. Aus den Augenwinkeln nahm er genau wahr, wie ihm Schaub verwundert nachschaute.

Er fuhr, ohne anzuhalten, durch die Dörfer nach Knoeringue. Dort hielt er bei Scholler. Er bestellte in der Wirtsstube ein Kronenbourg und setzte sich draußen unter das Scheunendach. Er musste sich erst beruhigen. Fast schien es ihm, als hätte ihn eine Angst verfolgt. Er schaute den Schwalben zu, welche die Nester unter dem Dach anflogen. Er betrachtete den Schuppen gegenüber, der in der Zeit gebaut worden war, in der man solche Mauern mit Holzbalken und Lehm baute. Er fand diese Mauer wunderschön, und er war froh, hier an diesem Ort zu sein.

Er griff zur *Neuen Zürcher Zeitung* und las einen Artikel über einen Briefband von Samuel Beckett, dem Nobelpreisträger. Besonders ein Zitat hatte es ihm angetan. Er las es dreimal, um es nicht zu vergessen: »Man muss weitermachen, ich kann nicht weitermachen, ich werde also weitermachen, man muss Worte sagen, solange es welche gibt.«

Endlich wurde ihm das Bier gebracht, und zwar von der Wirtin. Was ihn erstaunte. Denn es war kurz vor Mittag, und sie hatte in der Küche bestimmt alle Hände voll zu tun. Sie stellte ein Stück Zwiebelkuchen neben das Bier. Unter dem Arm hatte sie ein Schriftstück, das in einer Klarsichtfolie steckte.

»Bon appétit«, sagte sie. »Sie sind eingeladen.«

Sie blieb stehen und schaute zu, wie er das Bier gleich zur Hälfte austrank. Der Zwiebelkuchen sah herrlich aus.

»Darf ich mich setzen?«, fragte sie.

Sie setzte sich und legte das Schriftstück auf den Tisch.

»Sie sind doch ein homme de lettres, oder nicht?«

»Warum meinen Sie?«

»Ich habe Sie ein paarmal ein Buch lesen sehen in der Wirtschaft. C'est spécial, das tut ein normaler Mensch nicht.«

Er schob sich ein Stück Zwiebelkuchen in den Mund und betrachtete das Schriftstück. Es schien ein Brief zu sein, geschrieben in hoher, steiler Handschrift.

»I ha dänkt«, sagte sie, »dass dieser Brief Sie vielleicht interessiert.«

Sie zog das Schriftstück aus der Folie und gab es ihm. Er las die ersten Sätze.

Fern der Heimat, den 15. 8. 44

Liebe, liebe Eltern,

zum letzten, ja zum allerletzten Male will ich Euch, meinen Heißgeliebten, schreiben. Wenn Ihr diesen Brief empfangen werdet, wird mein Herz bereits zu schlagen aufgehört haben. Mein Körper wird dann schon verscharrt worden sein. Für mich werden die Qual und Härte des Lebens aufgehört haben. Doch für Euch, meine Lieben, wird der Schmerz von längerer Dauer sein, das weiß ich. Viele heiße Tränen um den einzigen Sohn, der so seinen bitteren Weg gehen muss, werden über Eure Wangen zur Erde niederrinnen. Doch ich bitte

Euch, meine Lieben, weinet und klaget nicht zu sehr. Der Herr im Himmel wird uns trotz der Unerbittlichkeit der Menschen ein glückseliges, ja ewiges Zusammensein zukommen lassen. Glück und Wonne ohne Ende werden uns dann beschieden sein. Freuen, ja freuen wir uns darauf.

Hier hörte Hunkeler auf zu lesen. Er griff zum Bierglas, ganz langsam, um einen Schluck zu nehmen.

»Wollen Sie den Brief haben?«, fragte sie.

»Warum gerade ich?«

»Er ist von Auguste, in der Familie Guschti genannt. Ich weiß nicht viel über ihn, außer dass er in Russland füsiliert worden ist. Pour désertion, Fahnenflucht vermutlich. Aber er wollte bloß zurück in die Heimat. Er war einer der jungen Elsässer, die 1943 nach Stalingrad von den Nazis zwangsrekrutiert und an die Ostfront geschickt wurden. Vous comprenez?«

»Ja«, sagte er und kam sich blöd vor, als er es sagte, »aber ich komme aus der Schweiz. Und in der Schweiz gab es keinen Krieg.«

»Eben darum. Wir haben vor zwei Wochen unsere grand-mère begraben. Als ich ihre Kommode ausräumte, habe ich den Brief gefunden. Sie war eine Kusine von Guschti. Deshalb hat sie den Brief aufbehalten, bis heute.«

»Sie müssen den Brief aufbewahren. Er ist ein Familiendokument.«

»Mon Dieu, non. Ich habe in der Familie herumgefragt. Niemand will ihn haben. Man will nichts wissen von der Vergangenheit. Man will nur etwas: vergessen. Weil es so schlimm war.«

»Und Sie meinen, weil ich ein Schweizer bin, soll ich mich dafür interessieren?«

»Ja, weil Sie ohne Trauer sind, ohne Hass. Sie haben doch im Nachbarsdorf ein altes Haus, n'est-ce pas?«

Er nickte.

»In diesem Haus gibt es bestimmt einen Dachboden, wo allerlei Gerümpel herumliegt. Und Sie lassen den Dachboden so, wie er ist. Sie werden ihn nicht renovieren, stimmt's?«

»Das kann ich gar nicht. Weil irgendwo unter dem Dach Fledermäuse wohnen.«

Jetzt lächelte sie kurz.

»Sehen Sie, ich habe doch recht. Sie sind ein Poet. Dasch das, wo öis Elsässer fehlt.«

»Mais non, ich bin Polizist.«

Aber sie war sich sicher.

»Es gibt bestimmt eine alte Kiste auf Ihrem Dachboden. Dort legen Sie Guschtis Brief hinein.

Dort liegt er sicher. Und irgendwann, in einer anderen Zeit, findet ihn jemand. Vous faites ça pour moi? Tun Sie das für mich?«

»Meinetwegen.«

Am Nachmittag legte sich Hunkeler mit dem Brief in den Liegestuhl unter der Weide. Er hörte eine Weile dem Zwitschern der Blaumeisen zu, dem Wind, der kaum wahrnehmbar durch das Baumgezweige strich. Kurz fragte er sich, warum er sich dies antun sollte. Weil er ein verwöhnter Schweizer war, der im Elsass unter einer Weide lag? Weil er unschuldig war? Aber das war doch wohl ein schlechter Witz. Denn die Leute in Knoeringue waren alle auch unschuldig gewesen. 1944, das war einmal. Das war jetzt nicht mehr. Vorbei und vergessen.

Aber dann las er doch.

Heute am 15. 8. 1944, an Mariä Himmelfahrt, bin ich zum Tode verurteilt worden. Noch wenige Tage, vielleicht wenige Stunden noch wird mein Herz schlagen, dann werden Kugeln meine junge Brust durchbohren. Mein Leben wird dann zu Ende sein, allzu früh vielleicht. Hoffnungen sinken dahin, das Glück, das ich mir für mein späteres Leben erhofft, Euer

Glück entschwindet. Alles war nur ein Traum, ein Märchen, das zerrinnt in weiter Ferne. Eben geht die Sonne unter, die letzten Strahlen des Tages fallen blutrot hernieder. Mein Herz, das schlägt zum Zerspringen in lauter Schlägen voller Sehnsucht nach Euch. Verzeiht mir den Schmerz, den ich Euch bereitet. Ich danke Euch für alles, das Ihr mir in meinem jungen Leben geschenkt. Haltet fest zueinander, noch fester als je zuvor, liebet einander, liebet, das ist der schönste Ausdruck der Menschen bis in den Tod.

Meine Lieben, ich wie mein Kamerad Justin sterben nicht als Verbrecher oder als Mörder, o nein. Ich habe nie jemandem in meiner kurzen Soldatenzeit etwas Unrechtes getan, keinem Menschen bin ich grob entgegengegangen. Im Gegenteil, ich habe die Menschen bedauert. Ich habe das Leid so vieler Menschen, so vieler Mütter, Kinder, Männer und Greise gesehen. Ich habe als Christ mitgefühlt, ja mit ihnen gelitten.

Zum Abschied reich ich Euch die Hände und sage leise auf Wiedersehen. Ein schönes Märchen geht zu Ende, es war so schön.

Grüßt mir mein Dörflein, ein jedes Haus und das Gotteshaus vor allem.

Gruß an Hortense und Therese. Grüßt besonders meine liebe Elise. Mutter, du weißt, dass ich sie geliebt, obwohl noch jung. Betrachtet sie als meine Frau.

Er schloss die Augen, als er zu Ende gelesen hatte, ergriffen von altem, fremdem Unglück. Der Brief glitt ihm aus der Hand hinunter ins Gras.

Was ergriff ihn so an der Botschaft, die er soeben erhalten hatte? Und die keineswegs für ihn bestimmt war, sondern für eine Familie in Knoeringue Ende des Zweiten Weltkriegs? Hatte er überhaupt das Recht, diesen Brief zu lesen? Grenzte das nicht an Voyeurismus?

Es war wohl das Persönliche des Briefes, das Private, das ihn anrührte. Die Übergabe durch Frau Scholler, die Bitte, den Brief aufzubewahren. Und die einfache Sprache, die im kitschigen Schlagertext ihren Höhepunkt fand. Aber was hieß hier Kitsch? Der Schlagertext entsprach offenbar der Verzweiflung des jungen Mannes, der auf seine Exekution wartete. Sonst hätte er ihn nicht zitiert. Folglich war dieser Text für den jungen Mann nicht Kitsch gewesen, sondern Poesie.

Hunkeler hasste sich. Warum konnte er den Brief nicht einfach als das nehmen, was er war? Als eine himmeltraurige Mitteilung aus dem Krieg. Frau

Scholler hatte ihn doch als Poeten bezeichnet. Das war ein Vertrauensbeweis, ein großes Lob.

Er griff nach den Briefbögen und betrachtete sie. Die Schrift war gestochen scharf, mit Tintenfeder akkurat aufs Papier gesetzt, verziert mit ausholenden Schlenkern, vor allem bei den Großbuchstaben, wie Guschti es geübt hatte im Schreibunterricht, stundenlang, wochenlang, jahrelang, bis sich sein eigener Stil in den vorgegebenen Formen ausgedrückt hatte. Es war Guschtis Handschrift, ein Unikat, seine letzte Mitteilung an die Welt.

Hunkeler ging mit dem Brief ins Haus und stieg die zwei Treppen hoch auf den Dachboden. Es fiel ihm auf, dass er schon monatelang nicht mehr hier oben gewesen war. Er erinnerte sich, neben dem Kamin einen alten geflochtenen Weidenkoffer gesehen zu haben. Richtig, er stand immer noch dort, ein Relikt eines früheren Hausbewohners, der wohl schon längst tot war. Er hob den Deckel hoch. Unter einer Staub- und Schimmelschicht, die alles, was da lag, überwuchert hatte, erkannte er mit einer Schnur zusammengebundene Briefe, einen Feuerwehrhelm, eine blaue Klarinette und eine blaue Uniform. Eine blaue Klarinette, überlegte er, das gibt es doch nicht. Er wischte Staub und Schimmel weg. Richtig, die Klarinette war schwarz. Es war eine ss-Uniform.

Er hob den Feuerwehrhelm hoch und schob Guschtis Brief darunter. Dann klappte er den Kofferdeckel wieder zu und stieg hinab.

Am Abend fuhr er erneut nach Knoeringue, parkte vor der Wirtschaft Scholler und schlenderte hinüber zur spätgotischen Kirche, die inmitten des von einer hohen Mauer umgebenen Friedhofs stand. Er schritt die Gräber ab auf der Suche nach einem Auguste. Bis ihm einfiel, dass Guschti im fernen Russland verscharrt worden war.

Er betrat die Kirche und setzte sich in eine Bank, hinter sich die kleine Empore mit der Orgel, vor sich, gegen Osten gerichtet, den Chor mit den schlanken, spitzbogigen Fenstern. Ein Hauch von Weihrauch hing in der Luft. Er staunte wieder einmal über die alte Kraft der katholischen Kirche, die es schaffte, hier in diesem abgelegenen Dorf ein so wunderschönes Gotteshaus zu unterhalten.

Er sah vor einem Madonnenbild Kerzen brennen. Eine süße Maid mit blauem Kopftuch, den schmachtenden Blick nach oben gerichtet. Daneben hing eine Tafel mit den Namen der Männer, die das Dorf im Ersten und im Zweiten Weltkrieg verloren hatte. Unter den Verschollenen war ein Auguste Runser aufgelistet, disparu 1944 en Russie, verschollen 1944 in Russland.

Hedwig kam um halb acht. Sie stieg aus ihrem kleinen weißen Renault und sah ihn unter dem Scheunendach sitzen. Sie trug einen breitrandigen Strohhut und winkte ihm zu.

»Trinken wir einen Schluck Pinot noir?«, fragte sie, als sie sich umarmt hatten.

»Für mich ein Bier heute«, sagte er. »Wie war es in Lucca? Erzähl.«

»Wunderschöne Toskana. Aber sehr heiß, viele Touristen.«

Sie hob den Hut vom Kopf und schüttelte ihr volles Haar.

»Wie findest du ihn?«

»Sommer, Salz auf der Haut und Pinien, wie damals auf Elba.«

»Machst du dich lustig über mich?«

»Aber nein. Eben, als du ausgestiegen bist, habe ich gedacht, dass ich Glück hatte, dich zu erwischen.«

»So? Hast du das? Hast du mich erwischt?«

»Jedenfalls nicht gestohlen. Und gekauft habe ich dich auch nicht.«

Jetzt musste sie lachen, was ihm überaus gut gefiel.

»Vielleicht hast du mich in einer dunklen Ecke geklaut. Aber warum hast du das Handy ausgeschaltet?«

»Weil ich mit niemandem reden wollte.«

»Auch nicht mit mir?«

»Für einmal nicht, nein. Ich wollte in mich hineinsinken.«

Sie musterte ihn sehr skeptisch.

»Was ist eigentlich mit diesem Schmidinger? Und mit dem Eisernen Kreuz?«

»Er ist erschlagen worden. Und das Eiserne Kreuz habe ich in der linken Hosentasche.«

»Bist du wahnsinnig geworden? Du hast mir hoch und heilig versprochen, dass du dich nicht mehr einmischen wirst. Und jetzt rennst du mit diesem verfluchten Kreuz durch die Gegend. Nein, mit so einem will ich nicht alt werden. Was ist das eigentlich genau für ein Kreuz?«

»Es wurde von der deutschen Wehrmacht für besondere Tapferkeit vergeben. Schmidinger hat es von seinem Vater geerbt.«

»Und jetzt steckt es also in deiner Hosentasche. Warum?«

»Das ist genau das, was ich selber nicht genau verstehe.«

Die Wirtin erschien, um die Bestellung aufzunehmen. Ein Bier, ein Viertel Pinot noir, zweimal Pâté mit Salat und viel Wasser.

»Haben Sie den Brief gelesen?«, fragte sie.

Hunkeler schüttelte den Kopf.

»Non.«

»Was soll das für ein Brief sein?«, fragte Hedwig.

»Sie hat mir einen Brief aus ihrer Familie gegeben. Von einem jungen Mann, der als deutscher Soldat 1944 in Russland wegen Fahnenflucht erschossen wurde.«

»Es wird also nichts mit einem gemütlichen Abend zu zweit. Manchmal denke ich, dass du das Unglück anziehst wie ein Magnet. Warum gibt sie diesen Brief gerade dir?«

»Sie hat gesagt, weil ich ein Poet sei.«

»Du und ein Poet, da lachen ja die Hühner. Du bist ein richtiger Misanthrop. Jawohl, das ist das richtige Wort für dich.«

»Stimmt nicht. Was kann ich dafür? Das Unglück tropft aus jedem Haus, wo Menschen wohnen. Aus allen Fenstern.«

»Ach was. Du hast einfach den falschen Beruf.«

»Ich bin in Rente.«

»Ach so? Hast du den Brief gelesen oder nicht?«

»Natürlich. Was meinst du denn?«

»Und wo hast du ihn versteckt?«

»Oben auf dem Dachboden, in einem alten Koffer.«

»Und was liegt sonst noch alles in diesem Koffer?«

»Das weiß ich doch nicht. Vielleicht die Erinnerungen der Leute, die vor uns im Haus gewohnt haben.«

»Diese Erinnerungen gehen dich doch gar nichts an.«

»Deshalb liegen sie ja auch auf dem Dachboden!«

»Vielleicht sollten wir aufhören«, sagte sie, »uns gegenseitig anzubrüllen.«

»Gut, ich brülle nicht mehr.«

Sie saßen ruhig, erschöpft vom Streit. Bis die Wirtin das Gewünschte brachte.

»Bon appétit.«

Hedwig brach ein Stück vom Baguette ab und biss hinein, dass es krachte.

»Ich habe einen Riesenhunger«, sagte sie, »zum Wohl.«

Die Pastete war hausgemacht, mit leckeren Pfefferkörnern drin. Der Salat kam frisch aus dem Garten.

»Ein kleiner Streit kann richtig belebend wirken«, sagte sie. »Ich kann sonst nirgends streiten, außer mit dir. Im Kindergarten nicht, mit den Kolleginnen und Kollegen nicht, in Lucca nicht mit der Gruppe. Immer einfühlsam, immer sanft, es ist zum Kotzen langweilig.«

»Ich brülle zu viel, ich weiß. Tut mir leid.«

»Es soll dir nicht leidtun. Es soll dir guttun. Hör

mal, wir sollten wieder einmal zusammen ans Meer fahren.«

»Unbedingt.«

»Übrigens, wenn du dich in fremdes Unglück vertiefen willst, dann fahr nach Lucca. Wir haben in einem Hotel in der Mauer des alten Amphitheaters gewohnt, aus der Römerzeit. In diesem Amphitheater haben die Römer, das große Kulturvolk, das uns zum Beispiel diesen herrlichen Wein gebracht hat, ganze Volksstämme zu Tode gequält. Kelten, aufständische Sklaven, die ersten Christen. Die haben sie gekreuzigt, vor aller Augen. Und was kannst du dafür? Rein gar nichts. Wir waren eine Gruppe Kindergärtnerinnen aus Lörrach, St.-Louis und Basel. Wir haben diskutiert über die zunehmende Sommerhitze im Dreiländereck, die stickige Luft, den niedrigen Wasserstand des Rheins. Das sind die Themen, die dich interessieren sollten, Mann. Hol drinnen bitte noch ein Stück Baguette. Und dann bringst du mich heim in dein Haus und legst dich zu mir. Und bitte recht freundlich.«

Am andern Morgen erwachte er in Hedwigs Bett. Er merkte das an ihrem Duft, der ihn einhüllte. Er tastete nach ihrem Leib, vergebens. Dann hörte er die Stiege knarren, die hinauf zum Toilettenraum führte. Es war Hedwigs langsamer Morgentritt, der ihm so vertraut war wie sein eigener Arm. Sie war zeitig dran, sie musste zur Arbeit nach Basel fahren. Beruhigt ließ er sich ins weiche Kissen zurückfallen.

Eine heiße Nacht war es gewesen, wie in früher, ferner Zeit. Er mochte Hedwigs Stimme, ihre Wörter, die Art, wie sie sich entscheiden konnte. Und er mochte über alles ihre Liebe.

Er schloss die Augen und rollte sich wieder ein. Dies war die schönste Zeit des Tages, wenn er aus tiefer Nacht erwachte und erkannte, dass alles in Ordnung war. Die Welt der Träume, der er dann manchmal entstieg, war ganz und gar nicht in Ordnung. Er wusste das, obwohl er sich beim Erwachen kaum je an einen genau umrissenen, erzählbaren Traum erinnern konnte. Bloß an beängstigende Unordnung, in der alles Vernünftige aus den Fugen geraten war. An unnennbare Bedrohung, an Verfolgung, der er nur mit knapper Not entrann. Die Gestalten, die er nicht definieren über die er nicht reden konnte, weil er sie nicht kannte, waren durch das Aufblitzen der Vernunft beim Erwachen bloß aufgeschoben, nicht aufgehoben. Sie lauerten weiter, jede Nacht.

Er wusste das, seit Jahren. Er hatte sich daran gewöhnt. Vor Jahrzehnten war er deswegen einmal bei einem Therapeuten gewesen. Er sei halt neurotisch, hatte dieser gemeint, aber dies sei in der heutigen Zeit stinknormal.

Am besten ging es ihm jeweils beim Erwachen aus solchen Verfolgungsträumen, wenn er Hedwigs Leib neben sich spürte. Oder ihre Atemzüge vernahm. Die Macht der Träume, dachte er, kam nicht an gegen die Liebe einer Frau.

Er war wieder eingenickt in einen hellen, traumlosen Morgenschlaf, als ihn Hedwigs Stimme weckte. Sie rief zum Frühstück. Er erhob sich und wandelte im langen weißen Nachthemd durch Stube und Gang in die Küche. Dort setzte er sich und schaute eine Weile wortlos den beiden Katzen am Boden zu, die Milch läppelten. Dann schlug er das Ei auf, das ihm Hedwig hingestellt hatte, und schlürfte es aus. Er griff zur Teekanne, schenkte sich Schwarztee ein, dazu einen Schuss Milch, und trank.

»Herrlich«, sagte er, »und vielen Dank.«

Sie stellte ihre leere Kaffeetasse hin. Sie war in Eile und erhob sich.

»Du hast übrigens geschrien wie ein einsamer Wolf in kalter Polarnacht«, sagte sie. »Du solltest dich wohl öfter zu mir legen.«

»Stimmt«, sagte er.

Draußen krähte Hahn Fritz, ziemlich erbärmlich.

»Dem alten Geier da draußen«, sagte sie, »könntest du eigentlich den Hals umdrehen. Es war noch dunkel, als er mich geweckt hat.«

»Dann ist ja alles in bester Ordnung.«

Gegen elf Uhr stand Hunkeler in der Scheune und schwang die große Axt, um das knorrige Holz eines Zwetschgenbaumes zu zerspalten. Da hörte er draußen einen Hund kläffen, dann ein anhaltendes Hupen. Er trat hinaus und sah ein Luxusauto deutscher Fabrikation, dunkelblau im Morgenlicht glänzend. Darin saß Staatsanwalt Suter, die Hand auf der Hupe. Davor stand der Hund Kaspar mit gefletschten Zähnen.

»Endlich«, rief Suter, »schaffen Sie dieses verdammte Untier weg. Es hat mich angefallen.«

»Nehmen Sie Ihre Hand von der Hupe weg. Man versteht ja sein eigenes Wort nicht mehr.«

»Erst, wenn die Bestie aus meinem Blickfeld verschwunden ist. Das ist Freiheitsberaubung, in Verbindung mit dem Tatbestand der Körperverletzung.«

Hunkeler packte den Hund am Genick, zerrte ihn auf die Straße hinaus und gab ihm einen Tritt, so dass er um die Ecke verschwand.

»Das ist bloß Kaspar. Er ist ein bisschen geistesgestört.«

»Kann man wohl sagen. Er hat mir das linke Bein aufgerissen, als ich aussteigen wollte.«

»Er ist weg. Zeigen Sie Ihr Bein.«

Suter stieg aus, in hellblauem Flanell mit rosa Krawatte. Was bestens mit dem dunkelblauen Coupé korrespondierte.

»Das wird Folgen haben. Ich hetze Ihnen die Gendarmerie auf den Hals.«

»Sie meinen Gendarme Wirz. Mit dem habe ich kürzlich ein gutes Glas Wein getrunken. Zeigen Sie her.«

Suters linkes Hosenbein war zerrissen. Verletzt war er nicht, Kaspar hatte nicht richtig zugebissen.

»Bloß ein bisschen gekniffen, wie das ein guter Wachhund tun muss. Die Hose ist allerdings kaputt.«

»Das ist beste Schneiderarbeit aus Mailand«, wetterte Suter. »Sie werden mir die Kosten auf den Euro genau erstatten.«

»Ach was. Wenn ich mich nicht täusche, haben Sie einen ganzen Schrank voll solcher Anzüge. Wie wäre es für einmal umgekehrt? Rosa Anzug mit hellblauer Krawatte?«

Suter erstarrte. Er war nahe daran, die Fassung zu verlieren, doch er beherrschte sich und versuchte ein Lächeln.

»So ein Schwachsinn. Hören wir auf, uns zu streiten.«

»Ich mache einen Vorschlag«, sagte Hunkeler. »Gehen wir hinein, und trinken wir eine Tasse Kaffee.«

Sie gingen hinein, und Hunkeler setzte Kaffeewasser auf.

»Das also ist Ihr Refugium«, sagte Suter, nachdem er am Küchentisch Platz genommen hatte. »Wird Ihnen hier nie langweilig?«

»Ich langweile mich nie.«

»Haben Sie Büroklammern?«

Hunkeler nickte, nahm eine Schachtel Büroklammern aus einer Schublade und stellte zwei Tassen auf den Tisch. Er schaute zu, wie der Staatsanwalt notdürftig das zerrissene Hosenbein zusammenheftete.

»So geht es einigermaßen. Seit wann haben Sie einen Wachhund?«

»Seit ein paar Tagen. Er ist mir zugelaufen. Warum sind Sie hier?«

»Das wissen Sie doch. Wir kommen nicht weiter ohne Sie. Warum sind Sie vom Tatort abgehauen?«

»Ich bin nicht abgehauen.«

»Doch. Sie hätten Kommissär Madörin Red und Antwort stehen müssen.«

»Aber nicht, wenn er mich anschreit.«

»Madörin ist ein leidenschaftlicher Polizist, das wissen Sie. Deshalb schreit er manchmal, auch wenn dies nicht korrekt ist. Aber lassen wir das.«

»Ich habe mit dem Fall Schmidinger nichts zu tun.«

»So? Warum sind Sie denn gestern Morgen auf einem Moped durch die Glaserbergstraße gefahren?«

Der verdammte Schaub, dachte Hunkeler. Der war doch nicht so blöd, wie er aussah.

»Das Moped gehört Nicole Schlienger. Sie wohnt unten am Bach. Sie hat es mir ausgeliehen, und ich bin damit ein bisschen durch die Dörfer gefahren.«

»Machen Sie sich bitte nicht lächerlich, ich bitte darum.«

»Ich wollte wissen, was sich um den Kannenfeldplatz herum so alles tut.«

»Folglich sind Sie doch nicht so unbeteiligt, wie Sie behaupten.«

»Schmidinger war ein Bekannter von mir. Wir haben zusammen Boule gespielt.«

Suter schlürfte vom Kaffee.

»Kann ich bitte ein bisschen Zucker haben?«

Hunkeler brachte Zucker. Was zum Teufel wusste der Staatsanwalt alles?

»Sie waren als Erster vor Ort«, sagte der. »Sie

sahen den Grasbüschel im Mund des toten Schmidinger, die beiden Boulekugeln zwischen den Beinen. Und dass die dritte Kugel fehlte. Sie folgerten daraus, dass er mit der dritten Kugel erschlagen wurde. Was vielleicht zutrifft, vielleicht auch nicht.«

»Stimmt nicht. Ich folgerte überhaupt nichts.«

»So? Warum steht denn dies alles in der Boulevardzeitung? Woher hat es Hauser?«

»Sind Sie wahnsinnig?«, fragte Hunkeler. »Was soll das heißen? Wollen Sie behaupten, dass Hauser die Einzelheiten von mir hat?«

»Woher sonst?«

»Frau Dogan hat die Leiche gefunden. Erkan hat angerufen. Das Pikett mit Madörin ist wenige Minuten später vorgefahren. Das heißt: Wenn der dicke Hauser tatsächlich vor Ort gewesen wäre und die Leiche gesehen hätte, so müsste das geschehen sein, bevor Frau Dogan um Hilfe rief. Und auch, bevor ich im Café war. Sonst wäre es mir aufgefallen. Übrigens hätte Hauser die Leiche sogleich fotografiert, wenn er sie gefunden hätte. Und dieses Foto wäre im Boulevardblatt erschienen. Ist es aber nicht. Das heißt: Jemand muss schon vorher vor Ort gewesen sein. Und dieser Jemand muss es Hauser gesteckt haben.«

»Wann sind Sie im Café erschienen?«

»Kurz vor dem großen Läuten der Antoniuskirche. Aber hören Sie endlich auf damit. Das ist eine Unverschämtheit, mich zu verdächtigen.«

»Es verdächtigt Sie niemand. Ich habe Sie bloß ein bisschen provoziert. Immerhin weiß ich jetzt, wie sehr Sie an diesem Fall interessiert sind. Sie stecken mittendrin.«

»Ich will aber nicht mehr. Das war der Grund, weshalb ich abgehauen bin.«

»Es wird Ihnen nicht gelingen. Wir vom Kommissariat können nicht loslassen, es ist eine Berufskrankheit. Ich weiß das von meinem Vorgänger. Sehen Sie, etwas an diesem Fall ist kurios. Mysteriös. Dieses Mysterium wird Sie nicht loslassen. Ich kenne Sie doch.«

Stimmt, dachte Hunkeler. Aber er sagte nichts.

»Es gibt da noch etwas, was uns rätselhaft ist. Nach Aussage von allen, die Schmidinger kannten, hat er stets ein Eisernes Kreuz um den Hals getragen, das er von seinem Vater geerbt und offenbar in Ehren gehalten hat. Haben Sie Kenntnis davon?«

»Ja. Sein Vater ist als Angehöriger der deutschen Wehrmacht in Jugoslawien gefallen.«

»Oder als Angehöriger der Waffen-ss. Aber das wissen wir noch nicht genau. Dieses Eiserne Kreuz hing nicht mehr am Hals der Leiche. Wer hat es entwendet? Wir wissen es nicht. Entweder hat es Frau Dogan entwendet. Oder der Unbekannte, von dem Sie soeben gesprochen haben. Oder der Täter. Oder Sie, Kollege Hunkeler.«

»Das ist nicht Ihr Ernst. Das kann unmöglich Ihr Ernst sein.«

»Wie Sie wissen, müssen wir alle denkbaren Möglichkeiten in Betracht ziehen. Auch wenn sie absurd scheinen.«

Hunkeler spürte ein Zittern in seinen Knien. Aber er zuckte nicht mit der Wimper.

»Das ist wirklich absurd. Warum sollte ich dieses Kreuz an mich genommen haben?«

»Eine schlimme Straftat wäre es ja nicht. Es könnte aus Sympathie zu Schmidinger geschehen sein. Oder weil Sie Kommissär Madörin, der voraussehbar die Verfahrensleitung übernehmen würde, in die Suppe spucken wollten. Es geschehen manchmal seltsame Dinge auf dem Kommissariat. Weil sich die Kommissäre zu sehr in einen Fall verbeißen.«

»Mir wird das bestimmt nicht passieren. Ich bin raus. Hier gibt es genug Arbeit.«

»Ich verstehe. Die Wiese, die Bäume, die Vögel, das Hausdach und so weiter. Ich kann Ihnen nur gratulieren.«

»Danke.«

»Kann ich noch eine Tasse Kaffee haben?«

»Gern.«

»Ich habe Sie selbstverständlich keinen Moment verdächtigt. Weil ich Sie als überaus verantwortungsvollen Kommissär kenne. Nicht wahr?«

Hunkeler nickte.

»Leider tappen wir im dichten Nebel herum. Sie könnten uns vielleicht helfen, diesen Nebel ein bisschen zu lichten.«

Schön gesagt, dachte Hunkeler.

»Ich bitte Sie, nach Basel zu kommen und mit uns zu reden. In alter Freundschaft.«

»Das Kommissariat werde ich sicher nie mehr betreten.«

»Dann eben in einer Beiz. Wie wär's bei einem Abendschoppen, im Birseckerhof gleich neben dem Waaghof?«

»Eine sympathische Beiz. Einverstanden.«

»Wann?«

»Lassen Sie mir noch ein paar Tage Zeit. Wir telefonieren.«

»Wie steht's mit Ihrem privaten Handy?«

»Nein. Das ist nur für Hedwig.«

»Also abgemacht. Gruß an Ihre Frau.«

Am nächsten Sonntagmorgen betrat Hunkeler aufs Neue den Kannenfeldpark. Es war genau eine Woche her, seit er die Leiche von Heinrich Schmidinger gefunden hatte.

Er war am Vorabend, von innerer Unruhe bedrängt, nach Basel zurückgefahren und hatte in seiner Wohnung geschlafen, die eher einem Glutofen glich als einem kühlen Nachtlager. Denn Basel lag nun einmal am Ende der Oberrheinischen Tiefebene, wo die Sommerhitze von Schwarzwald und Jura gestaut wurde. Weshalb sich die Bevölkerung, die aus irgendeinem Grund nicht verreisen konnte, an den Abenden zu Tausenden in den Rhein stürzte, um sich ein bisschen abzukühlen.

An diesem Morgen betrat er den Park von der Flughafenstraße her. Er wollte die Kastanienallee durchwandern, die zu Erkans Café führte.

Diese Allee erinnerte ihn stets an den Prozessionsweg des toten Pharaos Chephren im ägyptischen Giseh, vom Taltempel an der Sphinx vorbei hinauf zur Pyramide, wo der Leichnam bestattet worden war. Hunkeler hatte Giseh in seinem langen Leben mehrmals besucht, immer wieder hingerissen von der unglaublichen Schönheit des Ortes. Die Sphinx, aus dem Wüstenboden gehauen, das geheimnisvolle Urtier mit Menschenkopf, lang hingestreckt vor den drei Pyramiden des Cheops, des Chephren und des Mykerinos. Der Inbegriff der organisch gewachsenen, rätselhaften Vorzeit vor der Abstraktion der vollkommenen Dreiecke, mit denen die alten Ägypter und später das Griechenland des Pythagoras und des Archimedes die Welt aus den Angeln hoben.

Es war tatsächlich schön kühl unter dem Laub der Kastanien. Das Licht gedämpft, das Atmen fiel leicht. *Und durchs Auge schleicht die Kühle sänftigend ins Herz hinein.* Das war vom alten Goethe. Hunkeler grinste, er war eben doch ein Poet.

Er kam am Ehrenmal der französischen Gefallenen der letzten drei Kriege vorbei. Deutsch-Französischer Krieg, Erster Weltkrieg, Zweiter Weltkrieg. Und stets war es ums Elsass gegangen. Das Mahnmal bestand aus einem querliegenden Sarkophag und einem vier Meter hohen, dicken Obelisken. Eine deprimierende Scheußlichkeit, ebenso scheußlich wie der Tod von Millionen unschuldiger uniformierter Menschen.

Er suchte die Umgebung ab, ob er einen seiner ehemaligen Kollegen entdeckte. Korporal Haller in einem Gebüsch. Detektivwachtmeister Lüdi, als Jogger verkleidet. Kommissär Madörin durchs Gras schleichend, um eine Spur von Schmidingers Mörder zu erschnüffeln. Aber nein, das war ja alles Quatsch. Die Untersuchungen vor Ort waren längst abgeschlossen, der Technische Dienst hatte sich zurückgezogen.

Er schaute hinüber zum Schuppen der Stadtgärtnerei. Dort war alles ruhig. Eine alte Linde wuchs dort mit ausladenden Ästen, die bis ins hohe Gras hinabreichten. Er ging hin und schlüpfte hindurch in den Raum unter dem Laubdach. Eine wohltuende Kühle empfing ihn, wie in einem Dom, in einer Kathedrale, einem Münster. Ein Duft von Lindenblüten, betörend süß. Er blieb eine Weile ruhig stehen und schaute hinauf ins Geäst. Mehr von diesem Duft, dachte er, von dieser Kühle, von diesem dunklen Grün.

Er trat zur alten Friedhofsmauer, die unter dem Laub hindurchführte. Sie bestand aus Kalkquadern, in einem Steinbruch des Juragebirges gebrochen. Eine wunderschöne Mauer war es, jeder einzelne Stein ein Unikat, das sich in Farbtönung und Form unterschied.

An einer Stelle fehlten einige Steine. Jemand hatte sie vor Jahren oder Jahrzehnten herausgebrochen, so dass eine Lücke entstand, die leicht zu übersteigen war. Durch diese Lücke sah Hunkeler in einen blühenden Rosengarten hinein. Dort stand Ruth Mangold, die Frau von Heinrich Schmidinger, die jetzt Witfrau war, gekleidet in eine graue Bluse und enganliegende graue Hose, hochaufgerichtet, mit ephebenhaft schmalen Hüften. Sie hatte eine Rebschere in der Hand. Sie bückte sich, schnitt eine weiße Rose ab, schaute zur Linde hinüber und ging zurück ins Haus.

Hunkeler betrat Erkans Café. Er sah drei Personen dasitzen, die er kannte, weil er mit ihnen Boule gespielt hatte. Es waren alte Leute. Justine Schwartz, eine Chansonnière, die aus dem grenznahen Elsässer Dorf Neuwiller auf dem Moped hergefahren war, so wie sie das jeden Morgen tat. Luigi Realini aus Luino am Lago Maggiore, der am Kembserweg eine Gipserwerkstatt gehabt hatte und immer noch dort wohnte. Und Hugo Oberlin, ehemals Möbelschreiner an der Feldbergstraße in Kleinbasel, der in einem der Hochhäuser an der Flughafenstraße wohnte. Er war Obmann der Boulegruppe Kannenfeldpark.

»Kein Boulespiel heute?«, fragte Hunkeler.

»Non«, sagte Justine, »keine Lust heute. Ich nehme eine Zeitlang keine Boulekugel mehr in die Hand.«

»Wir wurden alle«, sagte Hugo, »auf den Waaghof zitiert und ausgefragt von einem Herrn Madörin, nicht gerade höflich. Beat Haberthür ist dann gleich verreist in sein Ferienhaus in Engelberg. Der Doktor Gratzer auch, der ist nach Wien abgehauen. Und Trudy Brechbühl in ihr Chalet im Oberwallis.«

»Recht hat sie«, sagte Justine. »Man wird nicht gern verdächtigt, einen Kollegen ermordet zu haben.«

»Wo ist Traufer?«, fragte Hunkeler.

»Der ist wieder draußen. Der musste drei Nächte auf dem Waaghof verbringen. Er hat geschworen, keinen Fuß mehr in den Park zu setzen. Er wird im Rheinbad sein, bei diesem schönen Wetter. Morgen Montag ist übrigens die Trauerfeier für Schmidinger, auf dem Hörnli. Kommst du auch?«

»Nein. Ich habe ihn gut gemocht. Aber ich will mit der Sache nichts zu tun haben.«

»Ach so?«, sagte Otto, der wie jeden Morgen mit Schirmmütze und Sonnenbrille an der Theke stand. »Das habe ich aber anders gehört.«

»Was hast du gehört?«

»Dass du dich bei einer Dame, die im Elsass an einem Bach wohnt, danach erkundigt hast.«

»Ach so, der Herr Hilfspolizist mit dem schönen Namen Caesar Augustus. Übrigens hätte ich eine Frage an dich. Wo bist du am letzten Sonntagmorgen gewesen, als die Sonne aufging? Hast du nicht einen Morgenspaziergang gemacht im Park? Weil du an chronischer Schlaflosigkeit leidest? Hast du nicht den toten Schmidinger gesehen, wie? Und später den dicken Hauser angerufen, um ein paar hundert Franken zu ergattern?«

Otto grinste und steckte sich eine Zigarette an.

»Was du alles weißt. Und alles erfunden in deinem senilen Bullenkopf.«

»Wie nennst du mich?«

»Jawohl, seniler Bullenkopf.«

Hunkeler sprang auf vom Stuhl, er wollte Otto an den Kragen. Da trat Erkan dazwischen.

»Seid ihr alle übergeschnappt? Hört sofort auf, ich habe Schwierigkeiten genug.«

Hunkeler setzte sich wieder. Was war das gewesen? Warum war er durchgedreht?

»Du hast recht«, sagte er. »Bring mir einen Kaffee.« Und zu Otto: »Entschuldigung. Ich habe die Nerven verloren. Soll nicht mehr vorkommen.«

Sie hörten alle zu, wie die tiefe Glocke der Antoniuskirche ausklang.

»Gut, dass Hans Tschudin das nicht mehr erleben muss«, sagte Hugo. »Wir waren eine friedliche Gruppe, bis jetzt.«

»Wer ist dieser Tschudin?«, fragte Hunkeler.

»Das war mein Vorgänger als Obmann. Er hat im selben Hochhaus gelebt wie ich, im zwölften Stock. Er war 85 Jahre alt, als er mit seiner Frau vom Balkon gesegelt ist.«

»Wie gesegelt?«

»Seine Frau hatte Krebs, unheilbar. Die beiden sind Hand in Hand hinuntergesprungen.«

Hunkeler trank einen Schluck Kaffee. Dann schüttelte er den Kopf.

»Was tue ich eigentlich hier? Was geht mich das

an? Warum liege ich nicht im Rhein, lang ausgestreckt wie ein Baumstamm, und lasse mich treiben bis ins Meer hinunter? Kann mir das jemand sagen?«

»Weil du kein Fisch bist«, sagte Justine, »sondern ein pensionierter Polizist.«

»Ich soll dir übrigens einen Gruß ausrichten von Frau Dogan«, sagte Erkan. »Sie hat einen Anwalt. Er sagt, sie wird nicht ausgewiesen.«

Hunkeler nickte. Immerhin das. Sie schauten alle zu, wie unter einem Kastanienbaum Willy, der Storch, erschien. Er stakste vorsichtig heran, den Schnabel vorgestreckt, auf dünnen Stelzenbeinen. Bis zwei Kinder auf ihn losrannten. Der Vogel setzte sich mit erstaunlicher Geschwindigkeit in Bewegung, hing nach wenigen Schritten in seinen Schwingen und flog davon. Die beiden Kinder hielten an, erschreckt von der unerwartet sich entfaltenden Schönheit.

»Wenn ich etwas äußern darf«, sagte Luigi, »obschon ich ein Italiener bin.«

»Ach, hör doch damit auf«, sagte Justine.

»Come no? Ich bin Italiener und bin stolz darauf.«

»Mais bien sûr, wir sind alle stolz.«

»Homo homini lupus. Das hat der englische Staatsphilosoph Thomas Hobbes im 17. Jahrhundert gesagt. Es ist Latein und heißt: Der Mensch ist des Menschen Wolf.«

»Woher weißt du das?«

»Weil ich ein Buch über Hobbes gelesen habe.«

»Du als Gipser?«

»Ich bin Italiener, und Italiener haben Kultur.«

»Und was heißt das, der Mensch ist des Menschen Wolf?«

»Das heißt, dass die Glocken, die wir soeben gehört haben, bloß ein hilfloser Versuch sind, für kurze Zeit Frieden zu stiften. Kaum sind sie verklungen, schlagen sich die Menschen aufs Neue die Schädel ein.«

»Das ist ein dummer Satz«, sagte Hugo. »Wölfe schlagen sich gegenseitig nicht die Schädel ein und beißen sich nicht zu Tode. Davor bewahrt sie die Demutshaltung. Das habe ich in der Schule gelernt.«

»Darf ich jetzt endlich meine Geschichte erzählen?«

»Dann erzähl halt.«

Luigi nahm einen Schluck von seinem Campari.

»Viel weiß ich nicht von meinem Vater. Ich weiß nur, dass er ab 1941 als italienischer Soldat in Montenegro gekämpft und mich auf einem Heimaturlaub gezeugt hat. Und dass seine Einheit von Titos Partisanen gefangen genommen wurde. Die Partisanen sind dann eingekesselt worden. Und die italienischen Gefangenen haben mitgeholfen, die Verwundeten aus dem Kessel zu tragen. Worauf Tito die Gefangenen erschießen ließ. Aber nicht alle, einige sind entkommen. Das weiß ich von meinem Bruder Gianni, der in Turin Jurist war. Er meint, mein Vater sei damals tatsächlich am Leben geblieben. Das war in der Gegend zwischen den Flüssen Riva und Tara, die in die Drina und weiter unten in die Donau fließen. Dort hat sich diese Geschichte zugetragen.«

»Mon Dieu«, sagte Justine, »was für Schauergeschichten. Das ist doch längst vorbei.«

»Nein«, sagte Hunkeler, »erzähl weiter.«

»Mein Bruder war vor Ort in Montenegro, um sich zu erkundigen. Er meint, mein Vater habe sich in ein Dorf im Gebirge retten können. Er habe sich verliebt in eine einheimische Frau, die ihn versteckt habe. Bis dieses Dorf von der Waffen-ss dem Erdboden gleichgemacht wurde. Mein Bruder sagt, er habe in jener Gegend eine junge Frau gefunden, die gesagt hat, ihr Vater sei ein entlaufener italienischer Soldat gewesen und habe Realini geheißen. Später, als ich in Rente ging, bin ich selber hingefahren. Zwei Monate lang bin ich herumgewandert. Das Gebirge heißt Durmitor und ist wunderschön. Die Leute sind überaus freundlich und hilfsbereit. Aber niemand konnte sich an einen Signor Realini aus Luino erinnern.«

Er trank seinen Campari aus und stellte das leere Glas wieder hin.

»Ich hätte meinen Vater sehr gerne kennengelernt. Auch meine Halbschwester, wenn ich denn eine habe. Trotzdem lebe ich gern. Auch wenn jetzt mein Freund Heinrich Schmidinger totgeschlagen wurde, der seinen Vater ja auch im ehemaligen Jugoslawien verloren hat.«

»Wem hast du dies alles erzählt?«, fragte Hunkeler.

»Dem Herrn Madörin. Der wollte alles wissen.«

»Und dem dicken Hauser?«

»Ja, dem auch. Er hat mich auch ausgefragt.«

Hunkeler erhob sich von seinem Stuhl und trat auf die Burgfelderstraße hinaus. Er wollte sich bewegen, gehen, wandern. Weg von diesem Friedhof, wo die Toten aus den Gräbern stiegen und die Gemüter der Menschen verdüsterten, so dass sie nur noch von Mord und Totschlag redeten. Aber war dies nicht während Jahrzehnten sein Beruf gewesen? War es ein Zufall, dass er damals beim Kriminalkommissariat gelandet war und nicht zum Beispiel bei der Verkehrspolizei? Irgendetwas musste ihn schon damals an Mord und Totschlag interessiert, ja fasziniert haben. Aber was war das genau?

Er ging Richtung Innenstadt und sah vorne am Ende der Missionsstraße das mittelalterliche Spalentor aufragen. Das Dreiertram glitt vorbei, beschienen von der Morgensonne. Im Triebwagen saß ein altes Ehepaar, sonntäglich gekleidet. Beinahe hätte er den beiden zugewinkt. Da sie nicht zu ihm herüberschauten, ließ er es bleiben.

Hunkeler wusste, dass der eigentliche Sündenfall im Alten Testament das Essen von der verbotenen Frucht im Paradies war. Aber warum, überlegte er, hatte Gott der Herr diesen Baum samt Frucht und Schlange ins Paradies gepflanzt, wenn er doch wollte, dass Adam und Eva nicht davon aßen? Bloß um seine Macht zu zeigen, etwas zu verbieten? Es war doch klar, dass Adam und Eva neugierig wurden und irgendeinmal hineinbissen. Er selber, Hunkeler, hätte auch hineingebissen. Er kannte solch unsinnige Verbote zur Genüge aus seiner Jugend. Weshalb ihm die neugierige, freche Eva schon immer sehr sympathisch war. Und Kain, der seinen Bruder Abel erschlug, schon immer unsympathisch. Weshalb für ihn dieser Totschlag der eigentliche Sündenfall war.

Kain, der ortsansässige Bauer, der den Nomaden Abel erschlug. Der säen und ernten musste, um zu überleben, und sich deshalb nicht von der Stelle bewegte. Dessen Denken klein wurde und sich immer mehr auf sein kleines Stück Land beschränkte. Auf der andern Seite Abel, der mit seinen Tieren herumzog von Weideplatz zu Weideplatz, von Brunnen zu Brunnen. Der frei und groß dachte, da er frei und groß denken musste, um den Überblick zu wahren.

Aber Kain erschlug Abel, nicht umgekehrt.

Hunkeler wäre gerne ein Nomade gewesen. Besitzlos herumziehen, dachte er, mit nichts als einem Rucksack auf dem Rücken und ein paar Franken in der Tasche. So wie früher, als er durch Europa trampte. Aber das ging halt nicht mehr. Der Rücken, das Knie, der Fuß. Zudem hatte er Besitz. Eine feste Rente, nicht zu knapp. Und das Haus im Elsass, dessen Wert sich in der Zeit, seit er es besaß, gut und gerne verdoppelt hatte. Fast schämte er sich, dass es mit ihm so weit gekommen war. Er hockte auf seinem Besitz wie Kain auf seinem Acker. Er bewegte sich nur noch von der Stelle, wenn er von seiner Basler Wohnung ins Elsass fuhr. Und wie war das eigentlich mit seinem Denken? War er zum Kleingeist geworden?

Er sah links den Fußweg abzweigen, der zur Antoniuskirche führte. Er beschloss, der Kirche einen Besuch abzustatten.

Die Messe war schon eine Weile beendet. Einige

Menschengruppen standen vor dem Eingang und unterhielten sich. Sie kamen, wie er hörte, vor allem aus Italien. Neben der Eingangstür hing ein Werbespruch der katholischen Kirche: Komm in Reichweite, Christen haben Energie. Er fand diese Worte ziemlich blöde. Schließlich hatte auch das städtische Elektrizitätswerk Energie und jeder Schokoriegel. Viel besser gefielen ihm die alten Sprüche des Jesus von Nazareth. Die Ersten werden die Letzten sein, zum Beispiel. Wenn ihr nicht werdet wie die Kinder, werdet ihr nicht ins Himmelreich kommen. Eher kommt ein Kamel durch ein Nadelöhr denn ein Reicher ins Paradies. Das war Dynamit, das war Revolution. Weshalb der Nazarener ja auch umgebracht wurde. Dem Werbeheini mit seiner Reichweite und Energie hingegen war kein Haar gekrümmt worden. Im Gegenteil, er hatte damit ein paar Tausender verdient.

Die Antoniuskirche war, wie auf einem Aushang zu lesen war, in den Jahren 1926/27 erbaut worden. Das erste Gotteshaus der Schweiz aus Sichtbeton.

Das Erste, was Hunkeler auffiel, als er sich drinnen in eine Bank setzte, war die Kühle des Raumes, seine Stille. Die war fast mit Händen zu greifen. Ein hoher Raum, getragen von schlanken Betonsäulen. Das Licht, das durch die bunten Glasfenster hereinfiel. Vorne an der Rückwand des Chors hing

Jesus Christus am Kreuz, die Glieder überlang, keineswegs in Schmerzen verzerrt, sondern frei schwebend wie Phönix aus der Asche.

In den vordersten Bänken saßen Familien, die ihre Neugeborenen zur Taufe brachten. Ein weißgewandeter Priester sprach zu ihnen, in gebrochenem Deutsch. Er kam aus Indien, wie er sagte. Ein Mitglied der weltumspannenden Christenheit, das hierher nach Basel geflogen war, um über die Revolution des Glaubens zu predigen. Dann wurde getauft. Ein paar Täuflinge schrien. Ein paar Tropfen Wasser auf die Stirn der Neugeborenen, in nomine patris, filii et spiritu sanctu. Und dies in der heutigen gottlosen Zeit.

Hunkeler blieb sitzen und lauschte den Tönen der einsetzenden Orgel, welche die Kirche bis zum Bersten füllten. Er schaute zu, wie die Patinnen die Täuflinge, gebettet auf weißem Linnen, hinaustrugen. Bloß ein paar Frauen blieben sitzen, verteilt auf verschiedene Bänke. Sie flehten zu Gott, vielleicht auch zur Muttergottes Maria. Dann war wieder Stille im Raum.

Nur noch das bebende Licht, das von der fast unendlich weit entfernt explodierenden Sonne eindrang.

Auf dem Rückweg betrat Hunkeler den Kiosk am Burgfelderplatz, um die Sonntagszeitung des Zürcher Boulevardblattes zu kaufen. Er musste einen Augenblick warten, da erst eine alte, verhutzelte Frau an der Reihe war.

»Habe ich gestern meinen Wohnungsschlüssel hier liegen lassen?«, fragte sie.

»Nein«, sagte die Verkäuferin. »Ich habe überall gesucht, er war nirgends.«

»Haben Sie genau gesucht?«

»Ja.«

»Haben Sie draußen übernachtet?«, fragte Hunkeler.

»Ja, in der kalten Nacht«, sagte die Frau und ging hinaus.

»Stimmt das?«, fragte Hunkeler.

»Ach wo«, sagte die Verkäuferin. »Sie kommt jeden Morgen vorbei, um nach dem Schlüssel zu fragen. Bloß, damit sie ein paar Worte wechseln kann. Sie hat eine schöne Wohnung in einem Neubau.«

Er überlegte.

»Wenn ich so weit bin wie diese Frau, werden Sie dann auch so freundlich mit mir reden?«

»Aber sicher. Und einen warmen Kaffee bekommen Sie auch.«

»Abgemacht«, sagte er und ging fröhlich hinaus.

Er schritt den St.-Johanns-Ring hinunter und ging in die Wirtschaft Sommereck. Edi, der Wirt, der weit über hundert Kilo auf die Waage brachte, saß allein am Stammtisch und war daran, ein trübes Pulver in ein Glas zu rühren.

»Was führt dich hierher?«, fragte er.

»Ich will dich besuchen, schauen, wie es dir geht.«

»Du siehst ja, wie es mir geht. Hundsmiserabel. Die Wirtschaft leer, im Wasser ein mieses Pulver, das mir beim Abspecken helfen soll. Die Wahrheit ist aber, dass ich gar nicht abspecken will.«

»Bring mir ein Glas Wasser. Und bitte keine Klagen.«

Er setzte sich und las den Aufmacher auf der Titelseite des Blattes: Der Kannenfeldmord und der Fluch des Eisernen Kreuzes. Er blätterte um und überflog, was Hauser geschrieben hatte. Es war nichts Genaues, das erkannte Hunkeler sofort. Bloß Vermutungen, eine Menge Fragezeichen. Schmidingers Vater kam vor, war er ein SS-Verbrecher? Dann ging es um einen eingebürgerten Italiener, dessen Vater im wilden Gebirge Montenegros umgekommen war. Ein Mord der Waffen-SS? Dann die Frage: Entstiegen den alten Gräbern des Kannenfeldparks neue Untaten? Hunkeler beschloss, nicht weiterzulesen.

»Warum hast du deinen Biergarten nicht geöffnet?«, fragte er.

»Warum soll ich ihn öffnen«, antwortete Edi, »wenn doch niemand kommt?«

»Klar kommt niemand, wenn du geschlossen hast.«

»Nein, umgekehrt. Öffne ich und bereite alles vor, kommt bestimmt ein Gewitter und verhagelt mir alles. Was mache ich dann mit dem, was ich gekocht habe? Soll ich alles selber auffressen? Oder nur noch Pizza anbieten? Teig, ein bisschen minderwertigen Käse drauf und Tomaten aus der Büchse? Ist das der Fraß, den ich meinen Gästen anbieten soll?«

Er griff zur Zeitung und überflog die erste Seite.

»Was weißt du vom Mord im Park? Ist das nicht unerhört? Nicht einmal mehr vor der Totenruhe hat man heute noch Respekt. Vor gar nichts mehr hat man Respekt. Es ist alles nur noch widerlich.«

»Hast du nichts im Kühlschrank?«

»Doch«, sagte Edi, und es war zu sehen, wie ein kleines Licht in seinen Augen aufflackerte. »Einen wundervollen Vorderschinken habe ich, von einem Bauern aus dem Wiesental. Hundertprozentige Biohaltung mit Auslauf, geräuchert im alten Kamin mit Holz aus dem nahen Wald, die pure Natur. Ich könnte dazu ein Baguette aufbacken. Soll ich?«

»Ja sicher sollst du. Oder willst du nur trübes Wasser saufen?«

Eine halbe Stunde später saßen sie draußen unter dem Kastanienbaum an einem weißgedeckten Tisch, darauf hatte Hunkeler bestanden. Feingeschnittener Schinken, ein duftendes Brot, Essiggurken und Senf der scharfen Sorte. Dazu hatte Edi eine Flasche Ihringer vom Kaiserstuhl aufgemacht.

»Der schmeckt ebenso gut wie ein Bordeaux vom Château Margaux«, behauptete er, »vulkanisches Terroir, Kelterung in einem uralten Eichenfass. Zum Wohl.«

»Stimmt«, sagte Hunkeler, nachdem er den ersten Schluck über seine Zunge hatte rollen lassen. »Hauen wir rein.«

Das taten sie. Und Hunkeler staunte wieder einmal, wie gut Schinken, frisches Brot und Rotwein zusammenpassten. Und auch darüber, wie schnell sich Edi dies alles einverleibte.

»Schau nicht so blöd«, sagte der. »Ich weiß, dass ich fresssüchtig bin. Ich werde am Fressen sterben. Oder aber an übergroßer, grenzenlos öder Langeweile. Ich habe dich übrigens beobachtet, wie du die Zeitung gelesen hast. Du hast behauptet, du lässt dich nie mehr auf ein Tötungsdelikt ein.«

»Richtig. Das werde ich nie mehr tun.«

»Falsch. Du hast die Schlagzeilen um den Kannenfeldmord richtiggehend verschlungen. Du steckst da schon mittendrin.«

In der Nacht lag Hunkeler in seinem Schlafzimmer, das auf den Hinterhof hinausging. Üblicherweise fand er schnell Schlaf, wenn er sich niederlegte. Denn der Hinterhof war bestanden von hohen Laubbäumen, welche die Sommerhitze fernhielten. Drei Ahornbäume waren es, mit dichten Laubkronen. Bis vor kurzem war es jedenfalls so gewesen. Bis letzten Januar, als Männer der Stadtgärtnerei auftauchten und den mittleren Ahorn umlegten. Einfach so, ohne Hunkeler zu fragen. So war das eben in der Stadt. Die Anwohner hatten nicht einmal das Recht zu bestimmen, welchen Baum sie vor dem Fenster haben wollten.

Seither gab es eine Baumlücke im Hinterhof, durch welche die Sicht frei war auf die Balkone der gegenüberliegenden Wohnungen. In die oberste dieser Wohnungen war kürzlich junges Volk eingezogen, das in heißen Nächten Partys feierte mit geladenen Gästen, bis zum Morgengrauen. Auch diese Nacht war es so, weshalb Hunkeler seine Balkontür zugesperrt hatte. Was nicht viel nützte. Das Gelächter von drüben wurde lauter mit jeder Flasche, die geöffnet wurde.

Hunkeler wälzte sich in seinem Bett hin und her,

bedrängt von Gedanken, die sich um Schmidingers Tod drehten. Um das Eiserne Kreuz, das in seiner Hosentasche auf dem Stuhl lag. Um die Füsilierung des jungen Mannes aus Knoeringue im fernen Russland. Um die ss-Uniform auf dem Dachboden im Elsass. Und um die Geschichte von Luigi Realini, der seinen Vater nie gesehen hatte.

Er versuchte, Bilanz zu ziehen über das, was er wusste und nicht wusste. Er versuchte es immer wieder, gestört vom immer lauter aufbrausenden Gekreische von drüben. Die Bilanz war stets die gleiche. Er wusste so gut wie nichts. Das Einzige, was er in der Hand hatte, war dieses verdammte Eiserne Kreuz.

Er hielt sich mit beiden Händen die Ohren zu, um endlich einschlafen zu können. Es nützte nichts. Als vom Balkon drüben eine weitere Lachsalve abgeschossen wurde, beschloss er zu handeln. Wobei er sich ein bisschen blöd vorkam, denn nie hätte er sich vorstellen können, dass er gegen Nachtruhestörung vorgehen würde. Aber diese Jugend von heute kannte überhaupt kein Maß mehr. Irgendjemand musste ihr Grenzen setzen, sonst lernte sie es nie. Immerhin, sagte er sich, rief er nicht die Polizei an. Ein gewöhnlicher Spießer hätte schon längst zum Telefon gegriffen.

Er erhob sich, ging in die Küche und holte aus

dem Kühlschrank ein paar verschrumpelte Kartoffeln. Er tat es, ohne Licht zu machen. Er zog sich das helle Nachthemd aus, das ihn hätte verraten können, und trat auf den Balkon hinaus. Früher war er ein guter Handballer gewesen, darauf vertraute er. Er warf die erste Kartoffel. Sie landete irgendwo im Gebüsch. Die nächste traf immerhin die zweite Etage und schlug dort eine Scheibe ein. Ein Klirren war zu hören. Er grinste zufrieden und konzentrierte sich aufs Neue. Der dritte Wurf saß, es klirrte auch auf dem obersten Balkon. Dann war Stille. Bis eine Männerstimme herüberrief: »Sind Sie wahnsinnig geworden?«

Am nächsten Morgen wanderte er den St.-Johanns-Ring hinunter bis zum St.-Johanns-Tor, dann die wenigen Meter zum Rhein hinab. Die Schneeschmelze im Gebirge war vorbei, der Fluss führte fast schon Sommerwasser, grünlich schimmernd im Morgenlicht. Er betrat das Badehaus und sah, dass Marietta an der Arbeit war.

»Kaffee?«, fragte sie.

»Danke, nein. Erst schwimme ich den Bach hinunter.«

Er zog sich um und ging am Ufer entlang flussaufwärts. Er hatte die Mittlere Brücke vor sich, dahinter das rötliche Münster, darüber einen dunkelgrünen Ausläufer der Juraberge. Ein herrliches Bild, alltäglich zwar, aber jeden Morgen wieder erfreulich.

Er beschloss, bis zum Münster hinaufzugehen und die große Strecke zu schwimmen. Er brauchte frische Luft und viel Wasser, er wollte getragen werden vom Fließen des Rheins. Er fühlte sich nämlich nicht besonders wohl an diesem Morgen. Welcher Teufel hatte ihn geritten in der Nacht, als er die Kartoffeln hinübergeschmissen hatte? Gut, er hatte getroffen, eine reife Leistung in seinem Alter. Und danach war es ruhig geworden im Hinterhof. Aber was war alles zu Bruch gegangen? Und wie stand er jetzt da? Als der letzte Spießer in der Mittleren Straße.

Im Aargauer Städtchen, wo er aufgewachsen war, wäre ein solcher Kartoffelwurf ohne weiteres möglich gewesen. Dort kannte man sich, man half sich selber. Ein bisschen Streit hätte es wohl auch dort gegeben. Aber nicht mehr. Hier in Basel hingegen rief man sofort die Polizei zu Hilfe, beim kleinsten Vergehen. Er hatte das in seinem Berufsleben zur Genüge erfahren. Man schimpfte und fluchte über die Polizei, bis man sie selber brauchte.

Er ging den Rheinsprung hinauf und kam auf den Münsterplatz. Kein Mensch war zu sehen an diesem Morgen. Kein Bus, keine Touristen. Kurz überlegte er, ob er dem Münster einen Besuch abstatten sollte. Aber das war nicht möglich, er war ja in Badehose.

Er stieg die Treppe hinunter zur Münsterfähre. Dort war eine Badebucht, mitten im Herzen der alten Stadt. Eine kleine Wiese, eine eiserne Leiter, die ins Wasser hinabführte, das hier ruhig lag.

Hunkeler wartete, bis die Fähre abgelegt hatte und draußen am Seil dahinglitt. Dann stieg er die Leiter hinunter und empfand wie stets, wenn er sich ins Wasser begab, den sanften, wohligen Schauer, der vom Wechsel der Elemente herrührte. Klar, er war ein Landtier, das atmen musste, um zu überleben. Aber er war eben auch ein Wassertier, das sich ins Urelement zurücksehnte, aus dem alles Leben entstiegen war.

Er lag eine Weile ruhig auf dem Rücken und ließ sich schaukeln. Bis er sich mit kräftigen Stößen ins Fließende hinausschob, das ihn mitzog unter der Pfalz hindurch Richtung Mittlere Brücke.

Als er beim Rheinbad an Land ging, war ihm wohler. Er duschte sich und dachte dabei an die Malerin, die in der Galerie auf dem Kannenfeldplatz auf einen Zettel geschrieben hatte, sie habe nichts anderes getan, als im Wasser zu schweben, ohne Anfang, ohne Ende. Eine schöne Vorstellung, tatsächlich.

Er holte sich bei Marietta am Kiosk einen Kaffee,

ein Croissant und die *Basler Zeitung* und setzte sich in die Sonne. Er blätterte die Zeitung durch. Es stand nichts drin über Schmidinger. Das war schon einmal gut. Er schaute hinaus aufs Wasser, wo sich ein schwerbeladenes Lastschiff flussaufwärts schob. Drei mächtige Schwäne flogen Richtung Mittlere Brücke, schneeweiß.

Er saß eine ganze Weile auf der Bank, den Rücken an die Wand der Umkleidekabine gelehnt. Der Kaffee war getrunken, das Croissant gegessen, die Zeitung gelesen. Draußen glitt die Zeit vorbei, schien ihm. Das Wasser schob sie meerwärts, wo sie verendete, all die schöne Zeit seines Lebens. Seine Studienzeit an der hiesigen Universität. Sein Leben als Familienvater, das nicht lange anhielt. Seine Berufsjahre auf dem Basler Kriminalkommissariat, im Rückblick nicht der Rede wert. Was ihm merkwürdig erschien, da er über Jahrzehnte seine ganze Energie hineingesteckt hatte. Endlich die Begegnung mit Hedwig, die seinem Leben einen neuen Sinn gegeben hatte. All dies war hier an diesem Fluss geschehen, während von seinem Grund das stete Geräusch der abwärts wandernden Kiesel aufstieg.

Er spürte, wie sich der Schlaf näherte, mit behutsamen Fingern. Er merkte es daran, dass sein Kopf nach vorn fiel. Er ermannte sich und setzte sich wieder gerade hin. Draußen lag immer noch die grünliche Wasseroberfläche. Ein Frauenkopf mit weißer Adlerfeder war zu sehen, der den Landesteg ansteuerte. Es war Sieglinde Renn aus Stuttgart, ehemalige Mitarbeiterin der *Basler Zeitung* und Spezialistin für Indianer in Arizona, worüber sie mehrere Bücher veröffentlicht hatte. Sie trug stets eine weiße Häuptlingsfeder.

Sie stieg die Treppe herauf zu Mariettas Kiosk.

»Howgh, Sheriff«, sagte sie und hob die Hand zum Gruß. »Was spricht die Sonne heute?«

»Howgh, Weiße Feder«, antwortete Hunkeler. »Die Sonne spricht: Verstecke dich vor mir, sonst fresse ich dich.«

»Warum sitzt du denn in ihrem vollen Schein?«

»Um mich zu erholen von der Kälte des Flusses.«

Sie lachte, denn sie liebte dieses Rollenspiel. Und auch er machte gerne mit.

»Was spricht der Mond heute?«, fragte er.

»Er zieht sich zurück, bis er ganz verschwindet. Dann wird die Schwärze der Nacht über dem großen Fluss liegen.«

»Stimmt, der Mond nimmt ab. Erst in gut zwei Wochen ist wieder Vollmond.«

»Du weißt Bescheid über den Stand der Himmelsscheibe?«

»Das ist etwas vom wenigen, was ich aus meiner

Kindheit mitgenommen habe. Damals hing der Mond unübersehbar am Himmel. Und wenn er voll war, rollte er riesengroß über den Wald. Soll ich dir ein Gedicht aufsagen?«

»Ja bitte.«

»Es handelt von einem ertrunkenen Mädchen.

Als sie ertrunken war und hinunterschwamm
Von den Bächen in die größeren Flüsse
Schien der Opal des Himmels sehr wundersam
Als ob er die Leiche begütigen müsse.

Das ist von Brecht.«

»War der auch Indianer?«

»Ja, vom Stamm der Schwimmhäute am Lech bei Augsburg.«

»Du bist ein komischer Kerl. Bist Polizist und sagst solche Gedichte auf.«

»Du bist auch komisch. Läufst in Basel herum mit einer weißen Adlerfeder im Stirnband, die in Wahrheit ein Fasnachtsschmuck aus dem Zauberladen in der St.-Johanns-Vorstadt ist.«

»Beleidige nicht meine Häuptlingswürde. Ich bin die erste Frau, die von den Navajos zum Stammeshäuptling gemacht wurde.«

»Ich mag komische Leute. Wohl deshalb, weil ich mir manchmal selber seltsam vorkomme.«

Sie hob die Hand, um ihn zu segnen.

»Der Große Geist möge dich behüten in den schwarzen Nächten, die uns bevorstehen. Hüte dich vor dem Kannenfeldpark. Es schleichen Bleichgesichter herum, die Böses im Sinn haben.«

Sie verschwand in der Umkleidekabine.

Hunkeler blieb sitzen, ziemlich ratlos. Was war das für ein seltsamer Auftritt gewesen? Wie hatte sie ihn dazu gebracht, Mondverse von Brecht aufzusagen? Und was war mit ihrer Weissagung? Etwas konnte er der eigenartigen Lady nicht absprechen. Sie hatte eine enorme Überzeugungskraft. Je verrückter, umso verführerischer. Genau wie in ihren Büchern, von denen er ein paar gelesen hatte, obschon er sie für reine Phantasieprodukte hielt.

Er setzte sich wieder bequem hin, Knie angezogen, den Rücken ans warme Fichtenholz gelehnt, die Augen geschlossen. So hatte er oft in seinem Büro im Waaghof gesessen, wenn er nicht mehr weiterwusste. Auf dem Stuhl aus Eichenholz, den er von zu Hause mitgebracht hatte. Denn Hunkeler wollte auf gewachsenem Holz sitzen, nicht auf irgendwelcher Kunststoffkonstruktion. Und diesmal nickte er tatsächlich ein.

Als er erwachte, stand Walter Traufer vor ihm, in nasser Badehose.

»Was seid ihr für Arschlöcher auf dem Waaghof?«, schimpfte er. »Was erlaubt ihr euch mit ehrbaren Bürgern?«

»Tut mir leid, ich bin nicht mehr auf dem Kommissariat.«

»Du warst bei der Polizei. Und du wirst immer ein Tschugger bleiben.«

»Moment. Erst muss ich etwas essen, bevor ich mich anschreien lasse.«

Er erhob sich und holte bei Marietta Würstchen mit Senf und einem Stück Schwarzbrot. Er biss hinein, herrlich.

»So, jetzt kannst du mich anschreien.«

»Machst du dich lustig über mich?«

»Nein, warum? Ich habe gehört, du seist drei Nächte auf dem Waaghof gewesen. Über so etwas mache ich mich sicher nicht lustig. Ich weiß, wie schlimm das ist.«

»Was heißt hier schlimm? Es ist ein Skandal!«

»Setz dich doch bitte hin.«

»Warum?«

»Weil wir so besser reden können. Bitte.«

Traufer setzte sich.

»Ich habe über dreißig Jahre mit Kollege Madörin zusammengearbeitet«, sagte Hunkeler. »Ich weiß, was für ein giftiger, scharfer Hund er ist. Und oft übertreibt er.«

»Alles nur, weil ich früher einmal Kommunist gewesen bin. Aber deshalb hat niemand das Recht, mich einzusperren. Ich bin ein freier Schweizer.«

»So verdammt frei sind wir alle nicht mehr«, knurrte Hunkeler. »Weil es die EU nicht mehr zulässt. Politische Freiheit oder das große Geschäftemachen, beides zusammen geht nicht mehr. Das solltest du eigentlich wissen. Als Schriftsteller müsstest du den Überblick haben.«

»Gilt mein Wort nichts mehr? Und das meiner Freundin in Dornach? Und nur, weil ich die beiden Tramtickets, Hin- und Rückfahrt, weggeschmissen habe. Sonst hätte ich beweisen können, dass ich in jener Nacht in Dornach war.«

»Das ist Kleinkram. Der geht mich nichts mehr an.«

»Warum sollte ich Schmidinger umgebracht haben? Bitte sag mir einen einzigen Grund.«

»Das weiß ich doch nicht.«

»Ich schreibe ausschließlich Kriminalromane in letzter Zeit. Basler Krimis. Und zwar über das Viertel, in dem die Spießer wohnen. Da habe ich den Überblick, weil ich selber hier wohne. Und der Fall Schmidinger ist ein Spießermord. Das ganze Milieu ist spießbürgerlich, die Boulespieler. Das sind alles ins Kleinbürgertum aufgestiegene Proletarier. Auch Schmidinger war ein Kleinbürger. Er hat in seinem Feuilleton jedenfalls eine kleinbürgerliche Ästhetik verteidigt. Schon allein deshalb kann ich nicht der Täter gewesen sein. Weil ich noch immer ein Prolet bin. Ich mochte ihn, den Schmidinger. Auch wenn er nicht verlieren konnte. Dann ist er oft richtig ekelhaft geworden.«

»Woher weißt du das?«

»Weil wir, wenn der Mond schien, oft ganze Nächte durchgespielt haben, bis die Amseln sangen.«

»Früher, als wir jung waren«, sagte Hunkeler, »gab es ein schönes, starkes Wort. Klassenbewusstsein. Erinnerst du dich? Voraussetzung für einen Revolutionär war es, ein proletarisches Bewusstsein zu haben. Und wir wollten alle Revolutionäre sein.«

»Sicher erinnere ich mich. Nur musste ich mir mein proletarisches Bewusstsein nicht künstlich, auf dem zweiten Bildungsweg sozusagen, aneignen, da ich ein Arbeiterkind war. Nicht wie die verwöhnten Töchter und Söhne aus den Villen auf dem Bruderholz oben, die sich mit den Arbeitern solidarisieren wollten. Ihre Solidarität hielt so lange, bis sie ihren Uniabschluss hatten und Karriere machten. Ich war nie an der Uni. Ich habe eine Laborantenlehre gemacht und habe eine Zeitlang in der chemischen Industrie gearbeitet. Nicht als Doktor der Chemie, sondern als Handlanger der

Chemiker. Als mir dies bewusst wurde, habe ich gekündigt und bin ausgewandert nach Australien. Mit dem Schiff hin durch den Suezkanal. Nach zwei Jahren als chemical assistant zurück durch die Südsee und den Panamakanal. Und stets hatte ich mein proletarisches Bewusstsein bei mir.«

»Warum bist du eigentlich zurückgekommen? Du hattest es doch gut in Australien.«

»Ja, sie wollten mich behalten und an die Uni schicken. Aber es war mir ernst mit dem Klassenkampf, mit der Revolution. Zudem wollte ich Schriftsteller werden. Und zwar hier in Basel, wo ich mich auskenne. Ich wollte das Basler Proletariat aufrütteln mit meiner Literatur, indem ich meine Kindheit und Jugend möglichst genau schilderte. Die Enge der Wohnung drüben im Kleinbasler Klybeck-Viertel. Die Enge des Denkens im Kopf meines Vaters. Und ich hatte Erfolg mit meinen Büchern. Aber eben nicht bei der Arbeiterschaft, sondern bei meinen Gegnern. Beim Großkritiker Werner Weber zum Beispiel von der *Neuen Zürcher Zeitung*, der meine Literatur lobte als Bericht aus der Arbeiterwelt.«

»Ich habe diese Bücher damals gerne gelesen«, sagte Hunkeler. »Weil es gute Bücher waren. Aber ich glaube nicht, dass man mit Romanen die Klassengesellschaft verändern kann.«

»Wie denn sonst? Die Realität bestimmt das Bewusstsein, du kennst doch diesen Satz. Erst das Beschreiben, dann das Lesen, dann das Nachdenken und Verändern des Bewusstseins und zuletzt die Veränderung der Realität. Das ist der chemische Ablauf jeder gesellschaftlichen Veränderung.«

»Das klingt gut. Aber klappt es auch? Ich meine, nicht nur im chemischen, sondern auch im gesellschaftlichen Versuch?«

Traufer schüttelte den Kopf. In seinen Augen glomm Hass auf.

»Nein. Weil die Arbeiterschaft zu blöde ist. Sie hat sich bestechen lassen. Ein Kleinwagen und zwei Wochen Urlaub an der blauen Adria genügten diesen Idioten. Kühlschrank, Waschmaschine und Fernseher. Konsum und noch mehr Konsum von Gütern, die sie zwar selber produzierten, aber mit Produktionsmitteln, die nicht ihnen gehörten, sondern dem Großkapital. Die klassische Ausbeutung. Das hätten sie eigentlich merken sollen. Sie haben es aber nicht gemerkt. Sondern sie dehnten den Konsum weiter aus mit Flugreisen nach Spitzbergen, Feuerland und in die Rocky Mountains. Wie ich sie hasse, diese Arschlöcher. Sie haben mich allesamt verraten.«

»Du solltest aber nicht sie hassen, Genosse. Sondern die Kapitalisten.«

»Ich bin der Partei der Arbeit beigetreten, wurde Kommunist. Einmal schickte mich die Partei zu einem Kongress der sozialistischen Schriftsteller Europas nach Minsk. Ich weiß noch, wie wir auf dem Flughafen empfangen wurden von Herren in weißen Hemden und Krawatten. Das sollten unsere weißrussischen sozialistischen Brüder sein. Wir stiegen in dunkle Limousinen und fuhren mit Blaulicht und Sirene im Höllentempo über alle Rotlichter hinweg, ohne auch nur einmal anzuhalten. Vor dem Kongress musste ich im Namen meiner Partei eine kurze Grußbotschaft vorlesen. Ein Fiasko, ich habe kaum ein Wort über die Lippen gebracht. Denn es war mir klar, dass hier nicht meine sozialistischen Kollegen und Kolleginnen saßen, sondern eine neue Schicht von Parteikadern, die genauso schlimm waren wie die Kapitalisten. Ich bin dann bald ausgetreten aus der Partei. Jetzt hocke ich allein da auf meinem alten Hintern. Ich lebe von Sozialleistungen des Staates. Das ist die traurige Wahrheit.«

»Aber dein proletarisches Bewusstsein hast du noch?«

»Ja, das bleibt mir bis zu meinem Tod. Weil es meiner tatsächlichen Situation entspricht.«

Er versuchte zu lächeln, aber es wurde ein mühsames Grinsen.

»Ich bin ein Bettler und werde ein Bettler bleiben. Aber erzählen will ich weiterhin. Von Menschen, die ein Tabu verletzen und deshalb ausgestoßen werden. Deshalb schreibe ich Krimis. Ich kenne mich aus in Tabubrüchen. Im Grunde ist jeder gute Satz, den man schreibt, ein Tabubruch. Weil er die Regeln des doofen Geschwätzes durchbricht. Dafür lebe ich, um einen guten Satz zu schreiben. Wenn's geht, jeden Tag einen. Dafür arbeite ich jetzt schon gut fünfzig Jahre lang. Und was ist der Dank? Der Dank ist, dass mich irgendein Arschloch ohne weiteres für drei Nächte einlochen kann. Und ich darf Basel vorerst nicht verlassen, sondern muss mich jeden Morgen auf dem Waaghof melden.«

»Möchtest du denn verreisen?«

»Ja, auf die griechische Insel Kythera.«

»Ist es dort im Sommer nicht zu heiß?«

»Überhaupt nicht. Dort gibt es immer eine kühle Brise vom Meer her. Dort habe ich Freunde aus Deutschland. Und das Leben und der Wein sind viel billiger.«

»Vielleicht kann ich dir helfen. Ich rede mit dem Staatsanwalt.«

»Ich sag's ja, du bist auch einer von dieser Saubande.«

»Stimmt. Ich habe das Klassenbewusstsein eines

aus dem Kleinbürgertum aufgestiegenen Beamten. Und das ist mir ganz recht so.«

Abends um 19 Uhr betrat Hunkeler das Restaurant Birseckerhof an der Heuwaage. Es war eines der alten, stolzen Lokale aus der Zeit, als die Baslerinnen und Basler noch ausgingen, um sich bewirten zu lassen. Diese Zeit war vorbei, da abends alle zu Hause vor dem Fernseher hockten. Der Birseckerhof war hievon eine Ausnahme, weil er seit je hausgemachte Teigwaren anbot, als zweiten Gang Ossobuco und Piccata al limone. Dies waren jedenfalls die Gerichte, zwischen denen sich Hunkeler jeweils entschied. Dazu ein herber Barbera aus dem Piemont. Er konnte sich dies leisten, schließlich hatte er die Rente eines städtischen Beamten.

Da Suter, mit dem er sich hier verabredet hatte, noch nicht da war, setzte er sich an einen der weißgedeckten Tische und ließ sich vom Ober die Karte bringen. Dieser hieß Enrico, war über siebzig und trug über einem schneeweißen Hemd ein abgewetztes violettes Gilet.

»Ciao Signor Hunkeler«, sagte er. »Auch wieder im Lande?«

»Nur kurz, nur auf Besuch.«

»Freut mich sehr, Sie zu sehen. Sie waren mir stets ein lieber Gast.«

»Sie auch, Enrico. Sie fehlen mir auch.«

»Wie geht's Ihrer Frau?«

»Danke, gut. Sie arbeitet noch immer.«

»Wie sagt man? Alte Liebe rostet nicht?«

»Ja, Enrico, es ist so.«

»Wollen Sie schon bestellen? Oder warten Sie auf jemanden?«

»Ich will bloß wieder einmal die Karte lesen. Piccata al limone zum Beispiel, das ist Poesie. Oder Ossobuco.«

»Sie nehmen Piccata?«

»Nein, Ossobuco con risotto. Wenn das Fleisch schön weich ist.«

»Es ist zart wie der Po eines Bambino. Darf ich auffahren? Oder warten Sie noch?«

»Ich warte auf Staatsanwalt Suter.«

»Oh, Signor Suter. Er hat nie Zeit. Er kommt nur schnell auf einen Teller Spaghetti und rennt gleich weg. Das ist nicht gut für die Gesundheit. Darf ich Ihnen ein Glas Barbera bringen?«

»Gern.«

Suter kam um halb acht, in einem leichten hellgrauen Leinenanzug mit hellgrüner Krawatte.

»Ich weiß«, sagte er, »ich bin zu spät, sorry. Wir laufen alle auf Hochtouren. Haben Sie das heutige Boulevardblatt aus Zürich gelesen? Unverschämt.

Als ob wir vom Kommissariat blutige Anfänger wären. Dabei bin ich seit über dreißig Jahren im Beruf. Was sagen Sie? Haben Sie es gelesen?«

»Ich habe beschlossen, es nicht mehr zu lesen. Weil bloß Quatsch drinsteht.«

»Sie haben recht, sehr recht. Warum sind Sie heute Morgen nicht an der Trauerfeier gewesen? Sie haben Schmidinger doch gemocht.«

»Ja. Aber wenn ich hingehe, hänge ich sogleich wieder drin.«

»Weise, sehr weise. Haben Sie schon bestellt?«

»Nein, ich habe auf Sie gewartet.«

»Ach ja, sorry. Was nehmen Sie?«

»Heute ausnahmsweise Kalbshaxe mit Risotto.«

»Ach ja? Kalbshaxe ist mir zu zäh. Ich habe es mit dem Magen.«

»Enrico hat gesagt, die Kalbshaxe sei zart wie ein Kinderpo.«

»Wie bitte? Ist es nicht gefährlich, so etwas zu sagen?«

»Nein, warum?«

»Gut, meinetwegen. Per me un risotto«, sagte er zu Enrico, der an den Tisch gekommen war. »Mit Steinpilzen, per favore.«

»Risotto con porcini«, sagte Enrico. »Und Ossobuco für Signor Hunkeler. Und eine Flasche Barbera.«

»Nein«, sagte Suter, »für mich bloß ein Glas. Dazu Wasser, viel Wasser, vom herrlichen Basler Leitungswasser.«

»Eine Flasche Barbera«, sagte Enrico, »und viel Wasser für Signor Suter.«

»Gut, also«, sagte Suter. »Was zum Teufel haben Sie gestern Nacht angestellt? Sind Sie von allen guten Geistern verlassen?«

Oha, Hunkeler erschrak. Die vom Balkon im Hinterhof hatten also die Polizei angerufen.

»Es war massive Nachtruhestörung«, sagte er, »unerträglich. Junges Volk, ein Gegröle und Geschrei. Bis um zwei. Dann habe ich die Nerven verloren. Tut mir leid.«

»Was für junges Volk? Es war das alte Ehepaar Cernik in der zweiten Etage, das angerufen hat. Eingewandert aus Prag 1968, nach dem Einmarsch des Warschauer Pakts. Sie leiden noch immer unter diesem Trauma. Und jetzt fliegt mitten in der Nacht ein Geschoss durch die Fensterscheibe. Die Frau hat einen Schock erlitten und musste sich in ärztliche Behandlung begeben.«

»Es war bloß eine Kartoffel.«

»Tut nichts zur Sache. Geschoss ist Geschoss. Lüdi hat sich der Sache angenommen. Die Kartoffel konnte nur von Ihrem Balkon aus geworfen worden sein. Alles andere ist vom Laub der Bäume abgedeckt. Was soll das? Ein berenteter Kommissär wirft mitten in der Nacht mit Kartoffeln fremde Fensterscheiben ein. Wenn der dicke Hauser dies erfährt, dann haben wir den Salat.«

Hunkeler nahm einen Schluck Wein. Sauer schmeckte er plötzlich, wie die bittere Erde des Piemonts.

»Soll ich hingehen und mich entschuldigen?«, fragte er.

»Nein, das hat Lüdi getan. Ich erteile Ihnen einen scharfen Verweis. Und eine dringende Warnung.«

»Es soll nicht mehr vorkommen.«

Enrico servierte das Essen und den Wein.

»Woher kommen die Steinpilze?«, fragte Suter.

»Aus Apulien, Signore.«

»Sind sie frisch?«

»Wenn Sie uns misstrauen, Signore, sollten Sie nicht in unsere Trattoria kommen.«

»Stimmt, Sie haben recht. Sorry.«

Er schob sich vorsichtig eine Gabel voll in den Mund. Sein Blick hellte sich auf, er nickte anerkennend.

»Hervorragend. Zum Wohl.«

Sie prosteten sich zu.

»Was mir auffällt«, sagte Suter, »Sie haben doch früher immer unter der Sommerhitze gelitten. Warum sind Sie nicht in Ihrem Elsässer Refugium geblieben? Sondern schon über eine Woche hier in der heißen Stadt?«

Oha, wieder erschrak Hunkeler.

»Stehe ich unter Beobachtung?«

»Nein, nicht speziell. Aber natürlich haben wir den Kannenfeldpark im Auge. Rund um die Uhr.«

»Sie haben mich ja ausdrücklich gebeten, nach Basel zu kommen.«

»Ja, stimmt. Aber was wir auf keinen Fall gestatten, sind private Ermittlungen Ihrerseits.«

»Davon kann doch wohl keine Rede sein. Gut, ich habe heute Morgen im Rheinbad mit Walter Traufer geredet. Er hat sich mir richtiggehend aufgedrängt. Er ist es übrigens nicht gewesen.«

»Sind Sie da sicher?«

»Jawohl.«

»Madörin ist anderer Meinung. Vielleicht sollten wir öfter mal eine Flasche zusammen trinken. Die Wahrheit ist nämlich die, dass wir keine Ahnung haben, wer die Täterschaft sein könnte. Wir wissen nicht einmal, wo wir suchen sollen. Warum sagen Sie nichts?«

»War das eine Frage?«

»Nein, eigentlich nicht. Sie wissen ja auch nichts. Oder wie ist das?«

»Es könnte jeder oder jede sein, der oder die in jener Nacht im Park gewesen ist.«

»Bitte lassen Sie das mit diesem Genderzeug. Es macht mich ganz konfus.«

»Oder es war eine Beziehungstat.«

Suter nahm einen Schluck Wein.

»Köstlich, in der Tat. Es muss ja nicht immer ein Château aus Bordeaux sein. Ein guter Landwein tut's auch.«

»Das hier ist der beste Barbera, den es in Basel gibt.«

»Sage ich ja. Also eine Beziehungstat vielleicht. Die Boulegruppe war heute Morgen geschlossen bei der Trauerfeier, außer Traufer. Aber der war's ja nicht, wie Sie sagen.«

»Nein.«

»Sogar Dr. Gratzer war da. Was halten Sie von ihm?«

»Ein eingebildeter, alter Trottel.«

»Also einer wie ich, wollen Sie damit sagen?«

»Nein, alt sind Sie nicht.«

»Das ist nicht schlecht, wirklich nicht schlecht. Humor ist des Baslers Wehr und Waffen, nicht wahr?«

Er schenkte sich neu ein und trank das Glas in einem Zug aus.

»So, Schluss jetzt mit dem Wein. Alle Mann auf Deck, es geht ans Eingemachte.«

»Gilt das auch für mich?«

»Ja natürlich, Herr Kollege. In alter Treue. Vielleicht habe ich heute Morgen an der Trauerfeier ein bisschen zu viel vom Maispracher getrunken, auch ein guter Tropfen. Kann passieren, nicht wahr? Aber werden wir konkret. Dr. Gratzer war in jener Nacht, als Schmidinger erschlagen wurde, bei seiner Geliebten. Die andern aus der Boulegruppe sind alle auch sauber.«

»Was ist mit den Geldüberweisungen nach Zagreb?«

»Woher wissen Sie das?«

»Von Gendarme Wirz aus St.-Louis. Er hat es von Commissaire Bardet.«

»Was ist das für eine Schwatzbude, diese Gendarmerie? Verrate einem von ihnen ein Geheimnis, und am nächsten Morgen weiß es das ganze Elsass. Sorry, das war jetzt ein bisschen elsassphob. Soll nicht mehr vorkommen. Also, die Geldüberweisungen nach Zagreb waren für Schmidingers Exfrau aus frühen Jahren. Die Besuche in Dornbirn galten Schmidingers Tochter Ludmilla.«

»Wie steht es um Ruth Mangold?«

»Eine schwergezeichnete Frau, in der Tat. Sie ist kaum mehr fähig, einen klaren Satz zu äußern. Blass und stumm.«

»Sie hat einen schönen Rosengarten.«

»Ja, ihre einzige Freude. Sie schmückt ihr Heim

mit blühenden Rosen. Und mit bunten Steinen, allesamt zu Eiern oder Kugeln geschliffen. Wirklich eindrücklich. Wie steht es übrigens mit Grappa in diesem Etablissement? Ist er gut?«

»Sehr gut. Er wird in einem eisbeschlagenen Glas serviert.«

»Signore, una grappa, per favore. Ich habe es mit dem Magen.« Und zu Hunkeler: »Tatsächlich, ich bin ein bisschen beschwipst.«

»Macht nichts. Wir waren bei der Frage, ob Zufallsdelikt oder Beziehungsdelikt.«

»Richtig. Es scheint so zu sein, dass Ruth Mangold und Schmidinger eine sehr einsame Beziehung gelebt haben. Wie soll man da ein Beziehungsdelikt aufdecken? Und wenn es ein Zufallsdelikt ist, haben wir kaum eine Chance. Das ist die traurige Wahrheit.«

»Es sei denn«, sagte Hunkeler, »Sie finden die dritte Kugel.«

»Ja, diese verdammte Kugel. Die kann überall liegen, in jedem Gebüsch. Grazie, Signore.«

Er hob den Grappa, den ihm Enrico brachte, an die Lippen und kippte ihn mit geschlossenen Augen in die Kehle.

»Ottimo, Enrico, meraviglioso.«

»Wie steht es eigentlich mit Ueli Zgraggen? Mit dem Schlüsselservice, den er aufgezogen hat?«

»Wir haben ihn im Auge. Es war natürlich ein Vergehen, die Schlüssel zu verteilen. Aber es ist unmöglich festzustellen, wer alles einen Schlüssel hat. Er ist ohne weiteres nachzuproduzieren. Wir schätzen, dass inzwischen mehrere Dutzend im Umlauf sind, mindestens. Zudem gibt es weitere Einstiegsmöglichkeiten für den Park. Was wir schon längst wussten. Aber wir sind eine liberale Stadt. Wenn sich jemand nächtens im Park aufhalten will, so kann er das. Solange er sich anständig aufführt. Natürlich könnten wir den Park dichtmachen. Aber das würde unsere einzige Chance, die Täterschaft zu finden, minimieren. Wir lassen also die nächtlichen Zugänge offen, wie bisher. Und überwachen das Areal. Oder sind Sie anderer Meinung?«

»Nein, ich wäre auch dieser Meinung. Wie steht es mit Josef Bruderer? Der war doch mit Ruth Mangold liiert, bevor sie zu Schmidinger wechselte.«

»Ach der. Er ist ein Sufi. Ein Asket der altpersischen Art. Ein Phantast. Gänzlich harmlos, meint Madörin.«

»Immerhin weiß ich, dass er manchmal auch Boule gespielt hat.«

»Würden Sie ihm eine solche Tat zutrauen?«

»Jetzt sind Sie möglicherweise doch ein bisschen betrunken, Herr Staatsanwalt.«

»Schon möglich. Warum meinen Sie?«

»Wir wissen doch beide, dass eine solche Tat unter bestimmten Umständen jedem Menschen möglich ist.«

»Sie haben recht. Signore, un espresso, per favore!«

In dieser Nacht schlief Hunkeler bei Hedwig. Sie wohnte in einem Block in Allschwil, eine halbe Stunde von der Heuwaage entfernt. Hunkeler war hingewandert, ohne sich anzumelden, und hatte sie aus dem Schlaf geklingelt. Was sie nicht ungern hatte, wie er wusste. Nur sprach sie dann jeweils kein Wort.

Er schlief herrlich die ganze Nacht über, weil das Schlafzimmer auf den Allschwiler Wald ging, aus dem frische Luft hereinkam. Nun saßen sie am Küchentisch, wie ein altes Ehepaar.

»Bei deinem Kurs in Lucca ging es doch auch um den Islam«, sagte er.

»Ja, Meditation und islamische Mystik.«

»Was weißt du darüber?«

»Am Morgen früh? Am Morgen früh weiß ich nichts darüber.«

»Doch, du hast davon erzählt. Von den Sufis, den tanzenden Derwischen.«

Sie musterte ihn misstrauisch.

»Wer hat dir diesen Floh ins Ohr gesetzt?«

»Staatsanwalt Suter, gestern Abend im Birseckerhof. Er hat gesagt, Josef Bruderer sei ein Sufi.«

»Wer soll das sein?«

»Er wohnt beim Kannenfeldpark. Er interessiert mich.«

»Ach Gott, schon wieder der Fall Schmidinger. Hört das nie auf? Und ich habe gehofft, du wirst endlich altersweise.«

»Würde ich gern, schaffe ich nicht. Also, was ist das, ein Sufi?«

»Ein Mitglied einer islamischen Bruderschaft, manchmal asketisch, aber nicht immer. Viel Poesie, das Ghasel, eine altpersische Gedichtform. Rumi und Hafis waren sehr beliebte Poeten und Sufis. Ich glaube, der alte Goethe hat Hafis überaus verehrt.«

»Im *West-östlichen Divan*?«

»Du weißt es ja. Warum fragst du denn?«

»Ein wenig, ja. Was bedeutet die Kugel im Sufismus?«

Sie strich sich ein Honigbrot und biss genüsslich hinein.

»Die Kugel? Sie ist in jeder Mystik der Inbegriff der Vollkommenheit. Weil sie keinen Anfang und kein Ende hat. Das hat uns in Lucca ein Professor erzählt.«

Kurz darauf wanderte Hunkeler durch den Allschwiler Wald ins Elsass hinüber. Er achtete darauf, ob er den Pirol hörte. Gesehen hatte er ihn noch nie, aber er kannte seinen Ruf. Gefieder des Männchens leuchtend gelb, hatte er im Vogelbuch gelesen, karminrote Augen, schmutzigroter Schnabel und bleigraue Füße. Er vernahm ihn schon kurz nach Eintritt in den Forst. Dreisilbige Flötentöne, langgezogen, weittragend in den Laubkronen, in denen der Vogel seine Brut aufzog.

Dann lag das offene Feld vor ihm. Hier, am Waldrand, war die Grenze zu Frankreich. Hier hatten sie in früheren Nächten, wenn sie in Neuwiller drüben Edelzwicker getrunken hatten, jeweils ein Feuer gemacht und sich hingelegt, um bis in die Frühe den Rausch auszuschlafen.

Neuwiller war ein ehemaliges Bauerndorf, noch immer weitgehend unbeleckt vom alles verändernden Schweizer Geld. Bloß drüben am Gegenhang erhoben sich ein paar neue Backsteinhäuschen samt Crédit Mutuel.

Hunkeler wanderte gern durch dieses Dorf. Die Ställe standen zwar leer wie überall in der Gegend, bloß ein paar Pferde grasten in einer Wiese. Aber es duftete immer noch nach Landwirtschaft, nach Heu, Runkeln und Mist.

Justine Schwartz wohnte gleich neben der Kirche

in einem mächtigen Bauernhaus. Sie hatte es geerbt und mehrere Wohnungen eingebaut.

Ihr Moped stand vor der Tür. Er hörte durchs offene Fenster, wie sie Klavier spielte und dazu sang, *Et la Seine coule, coule, coule*. Er musste mehrmals mit der Faust gegen die Tür hämmern, bis sie ihn hörte.

»Bonjour, Pierre. Was für eine Überraschung. Was suchst du hier auf dem Lande?«

»Ich habe im Wald den Pirol singen gehört. Da habe ich gedacht, ich könnte bei dir vorbeischauen.«

»Wie schön. Komm herein.«

Sie bewohnte die alte große Küche.

»Das ist meine Stube. Das Schlafzimmer liegt gleich nebenan. Willst du es sehen?«

Sie öffnete die Tür zu einer Kammer. Eine breite Bettstatt stand darin aus schön gebeiztem Nussholz.

»Hier drin haben mich meine Eltern gezeugt. Und hier drin ist meine Mutter gestorben.«

Sie zeigte auf gerahmte Fotos auf einer Kommode. Darüber an der Wand hing ein Madonnenbild.

»Was darf ich dir anbieten? Apfelsaft?«

»Ja gern.«

Sie ging hinaus, und er betrachtete die Küche. Den langen Tisch. Das Buffet mit Geschirr und

Pfannen. Die alte Spüle. Den Feuerherd, neben dem das Klavier stand. Das gefiel ihm, er liebte Räume mit Vergangenheit.

Justine brachte den Most und schenkte ein.

»Hinten im Obstgarten stehen immer noch die alten Bäume. Mostbirnen, Gravensteiner, Renetten, Glocken und Boskop. Niemand will sie mehr haben. Damit sie nicht verfaulen, bringe ich sie in die Mosterei nach Hésingue. Schmeckt's?«

»Wie frisch ab Presse. Wenn ich fragen darf, wo ist dein Vater gestorben?«

Ein Schatten flog über ihr Gesicht.

»Das weiß ich nicht. Irgendwo in Ostpreußen, habe ich gehört. Das ist lange her. Reden wir von heute.«

»Gut. Wovon lebst du eigentlich?«

Sie schenkte ihm ihr charmantes Lächeln, mit dem sie früher die Festhütten der Gegend verzaubert hatte.

»De l'amour. Und von der Luft. Non, die Wahrheit ist, je suis capitaliste. Ich lebe vom Kapital meiner Eltern. Von den Mieteinnahmen durch die Wohnungen hier. Die Leute lieben das, altes Holz an der Wand, ein Balken mitten in der Stube, mit Wurmlöchern drin. Obschon im ganzen Haus kein einziger Holzwurm mehr lebt. Die wurden alle chemisch vergiftet und vertilgt. Richtig rustikal.«

»Gibst du noch Konzerte?«

Ein schelmisches Lächeln, ein bisschen burschikos, aber nicht allzu sehr. Der Spatz von Neuwiller.

»Ab und an eine Hochzeit oder ein runder Geburtstag, mit dreißig, vierzig Leuten. Für ein Trinkgeld. Die einzigen großen Auftritte habe ich noch im Fauteuil-Theater in Basel. *Non, rien de rien, non je ne regrette rien* und so weiter. Die Basler lieben das. Spargeln im Frühling, Gugelhopf und Chansons. Wie es tatsächlich aussieht im Elsass, das interessiert sie nicht. In Frankreich funktioniert nichts mehr außer den Renten der Staatsangestellten. La grande nation, elle est foutue. La douce France, elle est am Arsch. Und wenn jemand etwas ändern will, marschieren die Gewerkschaften auf. Oder neuerdings die Gelbwesten. Aber was soll's?«

Sie schenkte ihm neu ein.

»Du bist wegen Schmidinger hier, nicht wahr?«

»Eigentlich schon. Obschon ich an sich nichts mit ihm zu tun habe.«

»Der arme Heinrich«, sagte sie, plötzlich sehr ernst. »Er hat oft hier in der Küche gesessen, wo jetzt du sitzt. Er wollte mir etwas erzählen, deshalb ist er hergekommen. Ich wusste das. Ich habe ihm Zeit gelassen, bereit zum Zuhören. Er hat fast nichts über die Lippen gebracht. Er war der einsamste

Mensch, den ich gekannt habe. Ich habe viele einsame Seelen gekannt, im Showbusiness wimmelt es davon. Sie brauchen die Auftritte, um sich mitteilen zu können. Man sagt, sie baden im Applaus. Der Satz stimmt, der Applaus ist die einzige intime Berührung, die sie zulassen. Deshalb suchen sie ihn immer wieder aufs Neue, weil sie ihn brauchen, um zu überleben. Es ist wie eine Sucht.«

»Wie ist es mit dir?«

»Was meinst du, warum ich immer wieder auftrete, als alte Frau?«

»Weil du gerne singst.«

»Singen kann ich auch hier in der Küche.«

»Aber Schmidinger ist ja nicht öffentlich aufgetreten.«

»Doch, mit seinen Verrissen. Auch mich hat er verrissen, wenn ich im Fauteuil auftrat. Und zwar zuverlässig. Er hat sich dann hier in der Küche dafür entschuldigt. Es tue ihm sehr leid, er habe es tun müssen. Er hat mich dafür um Verständnis angefleht.«

»Warum hast du ihn nicht einfach hinausgeschmissen?«

»Weil ich die Wahrheit kannte. Er hat sich damit herauszureden versucht, dass er sagte, die Leute wollten keine Elogen, sondern Verrisse lesen. Aber das entsprach nicht der Wahrheit. Übrigens haben mir seine Verrisse nicht groß geschadet, ich habe mein treues Publikum. Aber Heinrich hat nicht aus Berechnung verrissen, sondern aus einer inneren Notwendigkeit heraus. Es war eine Perversion. Er hat das Gegenteil von dem getan, was er eigentlich hätte tun wollen. Eigentlich hätte er gerne applaudiert, aber das konnte er nicht. Bei Männern, deren Beruf das Kritisieren ist, gibt es das oft. Sie verreißen das, was sie am liebsten selber täten. Ich bin eine große Leserin. Weil ich allein lebe. Deshalb lese ich. Was da alles verrissen wird, aus pervertierter Liebe, aus Hass. Das heißt, die eigene Liebe wird pervertiert und als Hass in der Öffentlichkeit ausgebreitet. Von einsamen, armen Männern, die mit ihrer Liebesfähigkeit nicht zu Rande kommen. Glaubst du mir nicht?«

Er zuckte mit den Schultern.

»Was weißt du über ihn?«

Sie lächelte ihn an, zuckersüß.

»Warum soll ich dir das sagen? Ein Polizist mit dem Namen Madörin hat mich dies auch gefragt. Ich habe ihm nichts verraten.«

Sie erhob sich, setzte sich ans Klavier und spielte eine sehnsüchtige Melodie. Es war *La vie en rose*. Dann kam sie an den Tisch zurück.

»Das musste ich ihm jedes Mal vorspielen, wenn er herkam. Kitsch, aber schön. Er hat mir einiges erzählt. Dass er seinen Vater nie gesehen hat. In diesem Punkt war er wie ein Bruder zu mir. Dass er bei Nonnen aufgewachsen ist, in einem Heim bei Linz. Dass dies schlimm gewesen ist für ihn. Auch von Hermann Hesse hat er erzählt, von *Narziss und Goldmund* und vom *Steppenwolf*. Dass er gern nach Indien gegangen wäre, auf den Spuren von Siddharta. Was ihm nicht gelungen ist. Es ist mir aufgefallen, dass er nie über seine Mutter geredet hat. Die kam schlicht nicht vor in seiner Erzählung. Offenbar kam sie auch nicht vor in seiner Erinnerung. Als ob er sie aus seinem Leben hinausgeworfen hätte.«

»Hast du ihn nie danach gefragt?«

»Ich habe es versucht. Er ist sofort erstarrt, ich kann es nicht anders sagen. Wie ein Stein, so saß er dann an meinem Tisch. So dass ich jedes Mal erschrocken bin.«

»Was ist eigentlich mit Ruth Mangold? Woher hat sie ihr Haus an der Glaserbergstraße?«

»Das hat sie geerbt, von ihrem Vater, der Chemiker war. Dazu offenbar noch eine Menge Aktien. Sie selber hat eine Lehre bei einem Goldschmied gemacht und anschließend in Antwerpen das Schleifen von Edelsteinen gelernt. Was sie für ein Mensch ist, weiß ich nicht. Alles an ihr ist gestylt, sogar die Art, wie sie redet. Meist bleibt sie stumm.

Unfassbar, unnahbar wie ein Schmetterling, ein Trauermantel zum Beispiel. Man hätte Angst, sie zu zerdrücken, wenn man sie anfassen würde. Sie hat etwas von einem Pharao.«

»Warum Pharao?«

»Weil sie leblos wirkt. Aus einem uralten Grab auferstanden, wie eine Mumie.«

»Ich habe gehört, dass Schmidinger ein Rammler gewesen sei.«

»Was soll jetzt das sein?«

»Ein Rammler? So nennt man Hasenmännchen. Weil sie oft und gern rammeln. Auch die Häsinnen übrigens.«

Sie lachte herzhaft.

»Und das glaubst du? Ihr Männer seid doch alle gleich.«

»Ich habe es nicht erfunden, sondern von einer Frau gehört.«

»Das ist Quatsch«, sagte sie, plötzlich kalt bis ans Herz hinan. »Es stimmt, dass er stets eine Frau gehabt hat. Und nie lange die gleiche, bis er Ruth Mangold fand. Sie hat sich seiner erbarmt. Er war nichts als ein Häuflein Elend. Er hat es nicht einmal fertiggebracht, richtig zu weinen. Nichts, keine Träne, sein Auge blieb trocken.«

»Aber du hast ihn trotz allem gerngehabt, nicht wahr?«

Sie erhob sich, setzte sich wieder ans Klavier und sang:

Les escaliers de la butte sont dûs aux miséreux,
les ailes des moulins protègent les amoureux.

»Vielleicht hat er bei Ruth seine Liebe gefunden«, sagte sie. »Ich bitte dich jetzt zu gehen.«

Als Hunkeler am nächsten Morgen Richtung Kannenfeldpark ging, um unter den Kastanienbäumen ein bisschen zu lustwandeln, sah er im Straßencafé an der Ecke seinen Freund und Nachbarn Curt sitzen. Curt war ein fast achtzigjähriger Sängerknabe, der mit dem klassischen deutschen Liedgut weltberühmt geworden war. Was für Hunkeler, der sich seit seinem fünfzehnten Lebensjahr als Bebop-Mann definierte, kein Grund war, ihn besonders zu mögen. Aber Curt war eben auch ein genialer Leser. Zudem besaß er eine große Bibliothek und lieh Hunkeler seine Bücher ohne weiteres aus.

Er war soeben zwei Wochen in Japan gewesen, wo er nicht nur Nippons junge Sängerschar ausbildete, sondern dem Vernehmen nach in seidenen Sänften durch liebliche Gärten getragen wurde.

»Kannst du mir sagen«, fragte Hunkeler, »was ein Ghasel ist?«

»Eine orientalische lyrische Form«, sagte Curt, »mit einem durchgehenden Reim. Kommt ursprünglich aus dem persischen Raum. Reine Poesie, Schönheit des Klangs, sehr schwer zu übersetzen.«

»Und was ist Sufismus?«

»Die Weisheit der Sufis wird dem Schüler vom Lehrer direkt weitergegeben. Häufig sind die Sufis Poeten. Vom Volk geliebt, von der Obrigkeit oft verfolgt. Verrückte, verzückte Geister, welche die direkte Verbindung zur Gottheit suchen. Mystiker eben. Meiner Meinung nach war Klaus von Flüe ein Sufi, der Heilige aus dem 15. Jahrhundert, der oberhalb von Sachseln am Sarnersee zwanzig Jahre lang in einer Klause lebte, ohne zu essen und zu trinken. Auch er wurde vom Volk verehrt.«

»Ich bin ein paarmal dort gewesen«, erzählte Hunkeler, »im Ranft unten in der Klause. Immer im Winter, ich war stets allein. Es ist jedes Mal etwas geschehen mit mir. Ich fiel aus der Zeit. Tag, Stunde, Monat, alles fiel von mir ab. So ungefähr. Hingegen nahm eine Art Zufriedenheit Besitz von mir. Merkwürdig, nicht? Ich verabscheue nämlich den Begriff »Zufriedenheit«. Aber es war ein Glücksgefühl, das sich in mir breitmachte und mich aufzufressen drohte. Ich musste mich richtiggehend herausreißen aus diesem Gefühl und zurückfinden in die Gegenwart, in die Zeit.«

»Ich war auch mehrmals dort. Genau das ist Sufismus. Ich empfinde das, was du eben beschrieben hast, manchmal auch, wenn ich Johann Sebastian Bach singe. Wenn mein ganzer Körper mitschwingt in den Tönen, die ich singe. Es singt dann aus mir.«

»Das Unglaubliche an der Klause von Bruder Klaus«, sagte Hunkeler, »ist die Tatsache, dass sie einfach so, als wäre sie nichts Besonderes, in dieser Schlucht steht. Für alle offen, ohne jeden Schutz. Und dies in der heutigen Zeit.«

»Ich habe einmal«, erzählte Curt, »in der Mongolei gesungen. Es gibt dort die Obertonsänger. Diese Sänger werden von den Leuten so verehrt wie in der Schweiz die Schwingerkönige. Ich stand mit diesen Obertonsängern in der Landschaft, jeder einzeln auf einem Hügel. Wir haben gemeinsam unsere Stimmen erhoben und in Einklang gebracht. Das ist uns gelungen, obschon ich mit diesen Männern kaum ein Wort reden konnte. Sie wollten mich gleich einbürgern und behalten.«

»Warum bist du nicht geblieben?«

»Weil ich hier wohne und hier meine Familie habe.«

»Kannst du mir ein Ghasel aufsagen?«, bat Hunkeler.

»Nein, ich bin kein Gedichteaufsager, sondern ein Sänger. Ich kann dir eines vorsingen.«

»Auf keinen Fall.«

»Warum nicht?«

»Weil deine Schwingungen mit den Obertönen sämtliche Fensterscheiben der Mittleren Straße zersägen würden.«

»Dann eben nicht. Eigentlich schade.«

Als Hunkeler im Park über eine Wiese ging, hörte er, wie jemand eigenartig langgezogene Töne ausstieß. Sie kamen aus einem Thujagebüsch. Er ging hin und sah auf einem kleinen Teppich Joseph Bruderer sitzen, angetan mit braunem Pilgergewand nach Art der Franziskaner. Er sprach Verse, die er lange ausklingen ließ, bis jeder Hauch aus seiner Lunge entwichen war. Dann holte er aufs Neue Atem, sehr langsam, als wäre dieses Atemholen der Grund seiner Verzückung.

Hunkeler war hingerissen und lauschte.

Meiner Seele Morgenlicht, sei nicht fern,
o sei nicht fern!
Meiner Liebe Traumgesicht, sei nicht fern,
o sei nicht fern!
Sieh, wie mich der Turban schmückt, mich der Parsengürtel ziert,
Wie mich Kutt' und Strick' umflicht; sei nicht fern, o sei nicht fern!

Feuerdiener und Brahman', Christ und
Muselman bin ich,
Du bist meine Zuversicht, sei nicht fern,
o sei nicht fern!

»Was bedeuten die Verse, die Sie da aufsagen?«, fragte Hunkeler.

Bruderer erschrak und öffnete die Augen. »Das ist ein Ghasel, vom großen Rumi, der in der Stadt der Sufis, im türkischen Konya, begraben liegt.«

»Und warum sagen Sie es hier, in diesem Park, auf?«

»Der Ort ist unwichtig. Ich versuche, mich mit dem letzten Hauch mit der allumfassenden Gottheit zu vereinigen.«

»Mit Allah?«

»Ja, mit dem Allerbarmer.«

»Sollten Sie nicht Richtung Osten beten?«

»Doch, Richtung Mekka. Warum?«

»Weil Sie nach Norden beten.«

»Sind Sie sich da sicher?«

»Ja. Osten ist nicht in der Richtung, in der Sie knien. Mehr nach rechts.«

»Der Allerbarmer wird mir verzeihen. Allah ist überall, auch im Norden.«

»Darf ich Sie etwas fragen?«

»Das tun Sie ja die ganze Zeit.«

»Etwas Persönliches.«

»Meinetwegen. Aber nur, wenn Sie mir ein Thunfischbrötchen und einen Kaffee spendieren.«

»Gern. Gehen wir zu Erkan.«

Bruderer rollte seinen Teppich zusammen. Und Hunkeler staunte, wie elastisch der alte Mann über die Wiese ging, mit weit ausholenden, wiegenden Schritten wie ein Kamel.

»Wovon leben Sie eigentlich?«, fragte Hunkeler, als sie im Café saßen.

»Von Wasser, und vom Ein- und Ausatmen.«

»Genügt das?«

»Ich bin ein Bettelmönch. Jetzt zum Beispiel haben Sie mich eingeladen.«

»Wo wohnen Sie?«

»Mal da, mal dort. Im Sommer meist im Park.«

»Würden Sie sich als obdachlos bezeichnen?«

»Warum denn? Ich habe Obdach genug.«

»Zum Beispiel bei Frau Mangold?«

»Ach so, so sagen Sie es doch gleich. Bei Kälte kann ich im Keller bei Ruth unterkommen. Geheizt, mit Toilette und Dusche.«

»Was hat Heinrich Schmidinger dazu gesagt? Sie waren doch sein Vorgänger im Bett von Frau Mangold.«

Jetzt fasste ihn Bruderer zum ersten Mal genau ins Auge, mit klarem, heiterem Blick.

»Wie öde das ist, Herr Hunkeler. Wissen Sie das nicht? Was wir hier vor uns haben, Wiesen, Büsche und die Bäume, das ist Totenreich. Zum Glück, sonst wäre es längst zubetoniert. In Basel regiert die Geldgier. Die Geldsäcke, die Feinmechaniker des Kapitals. Die schlimmsten Blutsauger der Weltgeschichte, erst mittels der Basler Mission, dann mittels der Basler Chemie. Und alles im Namen des Bettelmönchs Jesus von Nazareth, der die Liebe zum Mitmenschen und zur Schöpfung gepredigt hat. Und Sie fragen mich, ob ich nicht eventuell den Schmidinger totgeschlagen haben könnte, weil er mir Ruth weggenommen hat. Warum hätte ich das tun sollen? Ich habe in Ketten gelegen, als ich mit Ruth zusammen war. Sie hat mich geknechtet. Weil ich ihr sexuell hörig war. Sie ist eine Fetischistin von Ei und Kugel. Wissen Sie das nicht?«

»Nein.«

»Besuchen Sie sie einmal, dann sehen Sie es. Nur Eier und Kugeln. Sie ist die Kugel, behauptet sie, der Mann das Ei. So wirres Zeug. Nein, ich bin dem Allmächtigen dankbar, dass er sie von mir weggenommen und an Schmidinger weitergereicht hat. Seither kann ich wieder frei atmen und mich auf das große Geheimnis konzentrieren. Dieses Geheimnis ist im Ein- und Ausatmen zu erahnen. Die Seele ist unfassbar wie die Luft. Sie schwebt in der Luft.

Man atmet die Seele ein, man atmet sie aus. Mit dem letzten Atemzug stirbt man. Dann entlässt man die Seele für immer, man schickt sie auf eine Reise. Wohin diese Reise geht, weiß niemand. Sicher ist, dass sie nicht verlorengeht. Das ist die Weisheit der Sufis. Können Sie mir folgen?«

»Nicht ganz.«

»Warum nicht? Sie sind doch ein kluger Mann. Schauen Sie sich doch einmal um in der Geschichte Europas. Was wird bleiben davon? Eine Spur der Verwüstung. Jetzt machen sie auch noch die Luft kaputt, die Wohnung der Seelen. Deshalb mache ich nicht mehr mit. Ich habe mein Leben zum wandelnden Protest geformt. Ich will mittellos leben, wie Jesus von Nazareth, wie Franz von Assisi vor achthundert Jahren. Der heilige Franz kam ja aus sehr reichem Hause, hat alles verschenkt und ist bewusst zum Bettler geworden. Was der Kurie in Rom ganz und gar nicht gefallen hat. Sie haben ihn unter massiven Druck gesetzt, am liebsten hätten sie ihn wohl ans Kreuz geschlagen oder als Ketzer verbrannt. Aber das ging nicht, sie konnten keinen Bettler, der sich mit den Ärmsten der Armen solidarisierte, verbrennen. Franz war zu mächtig geworden, durch seine Armut.«

»Wollen Sie die heutige Welt durch Armut retten?«

Ein kurzes Lächeln flackerte auf in Bruderers Augen, erlosch aber gleich wieder.

»Ein schlechter Witz, ich weiß. Heute wollen ja alle die Armut bekämpfen. Das ist das, was sie sagen. Was sie tun, ist etwas ganz anderes. Noch mehr Geldgier, noch mehr Ausbeutung. Sie meinen vielleicht, ich sei größenwahnsinnig. Nein, bin ich nicht. Ich halte keine Predigten, will meine Wahrheit niemandem aufdrängen. Ich erzähle Ihnen das alles nur deshalb, weil Sie mich gefragt haben, wovon ich lebe. Aber ich bin überzeugt, dass unsere Erde nur durch selbstgewählte Armut, durch Bedürfnislosigkeit zu retten ist. Jedenfalls ist dies für mich der richtige Weg.«

Er wollte sich erheben, um sich zu verabschieden.

»Bleiben Sie bitte noch einen Moment«, bat Hunkeler. »Ich hätte noch eine Frage.«

»Ja bitte?«

»Wo haben Sie die Nacht verbracht, in der Heinrich Schmidinger erschlagen wurde?«

Die Heiterkeit war weg, eine plötzliche Zornesröte erschien auf Bruderers Gesicht.

»Was fällt Ihnen ein«, zischte er, »einen ehrbaren Mann zu beleidigen? Bin ich vogelfrei, nur weil ich zu Allah bete?«

Er fasste sich wieder und saß mit geschlossenen Augen da, als ob er in sich hineinsinken würde.

Dann blickte er wieder auf, heiter und seiner selbst sicher.

»Ich habe hin und wieder mit Heinrich Boule gespielt, in hellen Mondnächten. So auch an jenem Abend, als er zu Tode kam. Auf dem Kiesplatz beim Schuppen der Stadtgärtner, wortlos, voller Konzentration. Es war ihm unmöglich, gegen mich zu gewinnen. Dazu war er viel zu verbissen am Werk, zu verkrampft. Die Kunst des Boulespiels besteht darin, die Kugel locker loszulassen, auf den Weg zu schicken und ausrollen zu lassen. Dann erreicht sie das Ziel. Ich war vollkommen locker an jenem Abend, ich fühlte mich aufgehoben im Licht des Mondes. Heinrichs Hand hingegen zitterte bei jedem Wurf. Und je länger er verlor, umso mehr zitterte sie. Bis er eine seiner Kugeln voller Wut gegen die alte Steinmauer schmiss. Da wusste ich, dass es für mich Zeit war, das Spiel abzubrechen und zu gehen. Denn ein guter Boulespieler lässt seine Wut niemals an der Kugel aus. Vielmehr achtet er die Kugel und hält sie in Ehren. Es hatte kurz vorher Mitternacht geschlagen, als ich ging.«

Wieder der klare, heitere Blick. Ein langes Ausatmen, als ob er eine schwierige, erlösende Beichte abgelegt hätte.

»Und wo haben Sie den Rest der Nacht verbracht?«

»Eigentlich wollte ich im Park übernachten, beim Thujabusch. Aber in jener Nacht habe ich den Park verlassen, weil ich mich vor Schmidinger gefürchtet habe. Er war so erregt, dass ich ihm alles zutraute.«

»Selbst einen tätlichen Angriff?«

»Auch dies, ja. Ich verließ den Park über die Burgfelderstraße und ging durch die Glaserbergstraße in den Keller von Ruths Haus. Dort bin ich sogleich eingeschlafen.«

»Sie haben nicht noch kurz mit Frau Mangold geredet in jener Nacht?«

»Nein. Ich habe bloß einen Schlüssel zum Keller.«

»Sie hätten klingeln können.«

»Wozu denn?«

»Um ein bisschen zu reden, gemeinsam ein Glas Wein zu trinken zum Beispiel.«

»Und auf das Auftauchen von Schmidinger zu warten? Nein danke.«

»Ach so, ja. Was hat denn der gemacht, allein mit den Boulekugeln in der dunklen Nacht?«

»Keine Ahnung. Ein trauriges Schicksal, in der Tat. Offenbar hat er in dieser Nacht seinen Meister gefunden.«

»Haben Sie das alles auch Herrn Madörin erzählt?«

»Aber gewiss. Es gibt keinen Grund, irgendetwas zu verschweigen. Ist das alles?«

»Ja, das ist alles. Und vielen Dank für die Auskunft.«

»Aber gerne. Ich wünsche Ihnen viel Erfolg bei Ihren weiteren Ermittlungen.«

Hunkeler schaute zu, wie Bruderer sich erhob, kurz lächelte und wiegenden Schrittes durch die Kastanienallee davonschritt.

Kurz vor Mitternacht rief er seinen ehemaligen Kollegen Lüdi an. Er musste lange warten, bis abgenommen wurde.

»Oui, mon joujou?«

»Ich bin nicht dein joujou, sondern dein ehemaliger Kollege Hunkeler.«

»Moment.«

Ein Rascheln war zu hören, dann das Klicken eines Feuerzeugs.

»Du weißt doch, dass ich nicht mit dir reden darf. Warum versuchst du es immer wieder?«

»Weil ich ohne dich nicht weiterkomme.«

»Das ist ja genau das Problem. Suter will, dass du dich nicht einmischst. Es tut mir leid.«

»Halt, stopp«, sagte Hunkeler. »Ich rufe wegen des Ehepaars Cernik an. Darüber kannst du mir doch wohl Auskunft geben.«

Ein eigentümliches Kichern war zu hören. Lüdi kicherte immer, wenn er unsicher war.

»Also meinetwegen. Dann frag.«

»Wie geht es Frau Cernik?«

»Wieder besser. Ich habe sie heute über Mittag angerufen und noch einmal um Entschuldigung gebeten. Das hat sie sehr geschätzt. Aber ich frage mich schon, ob du endgültig senil geworden bist. Man wirft doch nicht mitten in der Nacht fremde Fensterscheiben ein.«

»Es war die unerträgliche Hitze. Und der Lärm von drüben.«

»Der kam aber nicht vom Ehepaar Cernik. Überhaupt, warum bist du nicht im Elsass? Dort sind die Nächte bestimmt kühler.«

»Weil ich ein paar Dinge wissen muss, die ich im Elsass nicht erfahre.«

Wieder das Kichern, das Klicken eines Feuerzeugs.

»Dann frag meinetwegen. Wenn ich keine Antwort gebe, heißt das Ja. Aber du hast es nicht von mir.«

»Ist Schmidinger von einem runden Gegenstand, einer Kugel, erschlagen worden? Und sind die Kugeln mit den sieben Ringen die seinen?«

Schweigen, nur das Ausstoßen von Rauch war zu hören.

»Zählen Ueli Zgraggen und Joseph Bruderer zu den verdächtigen Personen?«

Stille.

»Wer sonst noch?«

Ein langes Schweigen.

»Wir haben keine Ahnung«, sagte Lüdi endlich. »Nicht eine einzige Spur, die wir verfolgen könnten. Die traurige Wahrheit ist, dass du uns fehlst auf dem Kommissariat.«

»Ich danke dir, mein Engel«, sprach Hunkeler und legte auf.

Er setzte sich an den Küchentisch und schaute durchs offene Fenster in den Hinterhof hinaus. Die Bäume standen ruhig in der Dunkelheit, kein Hauch, kein Blatt bewegte sich. Windstille, und das schon seit Wochen. Die Rollläden der obersten Wohnung gegenüber waren heruntergelassen, die jungen Leute ausgeflogen. Auf eine griechische Insel vielleicht, um in einer stillen Bucht unter Tamarisken dem Auslaufen der Wellen zuzuhören und Retsina zu trinken.

Eine kleine Insel in den Kykladen kam Hunkeler in den Sinn, erreichbar in einem Motorboot. Es gab bloß einen einzigen Hafen mit zwei Tavernen. Sonst die pure Wildnis, niedriges duftendes Gesträuch. Zuoberst auf dem Hügel die Ruinen einer Kreuzritterburg.

Seine Freundin und er waren die einzigen Touristen in diesem Hafen, drei Wochen lang im Spätsommer. Abends saßen sie mit den alten Männern in einer der Tavernen, holten sich in der Küche Essen, tranken Retsina in kleinen Schlucken. Es gab keinen einzigen Grund zur Eile. Sie schauten dem Mond zu, der über dem glitzernden Meer jeden Abend eine Stunde später aufging, bis er ganz wegblieb. Dann leuchteten nur noch die Sterne.

Er lag stundenlang im Wasser und betrachtete durch die Taucherbrille die Fische, die auf Armlänge heranschwammen und dann wegflitzten auf sichere Distanz.

Eines Morgens sah er weiter draußen einen Fischzug vorbeigleiten, ohne Anfang, ohne Ende. Silberleib an Silberleib, sehr schmal, jeder einzelne vielleicht dreißig Zentimeter lang, mit kaum wahrnehmbaren Bewegungen der Schwanzflossen. Er war so hingerissen von diesem Anblick, dass er gleich hinausschwamm und die Fische zu berühren versuchte. Sie wichen ihm ruhig aus, so dass er hindurchglitt, ohne einen einzigen zu berühren. Er ließ es dann bleiben, schwamm nur noch ein Stück weit nebenher, auch er ein Fisch jetzt im tiefblauen Wasser.

Am nächsten Morgen war dieser Fischzug noch immer da, und am Abend auch. So blieb es gut eine Woche lang, die Menge dieser Fische schien unerschöpflich zu sein. Die alten Männer am Hafen hatten einen Namen für sie, sie seien immer da um diese Jahreszeit. Woher sie kamen und wohin sie schwammen, wussten sie nicht. Jeden Abend wurden einige auf dem Grill gebraten, mit Zitronensaft beträufelt, und alle, auch Hunkeler, aßen mit.

Er schreckte auf, er merkte, dass er eingenickt war am Küchentisch. Die Erinnerung, dachte er, sie frisst mich langsam auf.

Er erhob sich, stieg hinunter in die Mittlere Straße und ging am dreistrahligen Brunnen vorbei den St.-Johanns-Ring hinauf zum Burgfelderplatz. Dies war seine Gegenwart, diese nächtliche heiße Straße, in der das Plätschern des Brunnens wie eine Verheißung erklang. Die schlafenden Häuser, das Altersheim rechts, dessen Insassen auf den Tod warteten. Die Bäckerei links mit dem feinen Hefegebäck, daneben der Türkenladen, wo Mehmet jeden Morgen im Elektroofen Fladenbrot buk. Bei der Kantonalbank an der Ecke, wo er vor vielen Jahren in einer tristen Novembernacht den toten Hardy gefunden hatte, bog er nach links ab und betrat nach ein paar Schritten die Wirtschaft Milchhüsli. Ein ehemals gutbürgerliches Speiselokal, das jede Nacht bis in die frühen Morgenstunden hinein offen blieb für Leute, die am nächsten Tag nichts zu tun hatten. Man munkelte im Viertel, dass es aus gesundheitspolizeilichen Gründen demnächst geschlossen werde.

Das Lokal war, wie immer um Mitternacht, gut besucht von einsamen Nachtvögeln. In der Ecke vor der Bartheke lag der Mann mit der riesigen Dogge am Boden, beide in tiefem Schlaf. Er erschien jeweils nach den Spätnachrichten im Fernsehen, kippte einen halben Liter vom billigsten Weißwein in die Kehle und legte sich neben sein Vieh.

Milena, die serbische Wirtin, die den Laden zusammenhielt, stand hinter der Theke. Davor der dicke Hauser, mit einem milchigen Anisschnaps in der Hand. Hunkeler trat neben ihn und bestellte ein Bier.

»Was du in deinem Boulevardblatt schreibst«, sagte er, »das hat mit Journalismus nichts mehr zu tun. Du saugst dir das alles aus den Fingern. Das ist eine Riesenschweinerei.«

Hauser grinste über das ganze Gesicht.

»Genau das ist doch meine Aufgabe. Geschichten erfinden und spannend erzählen, besonders im Sommerloch. Dafür werde ich bezahlt.«

»Und an die Menschen, die von diesem Quatsch betroffen sind, denkst du nicht? Hast du überhaupt kein Ehrgefühl mehr in deinem dicken Bauch, keine Moral?«

»Moral? Was ist das? Daran glaubst du doch selber nicht. Jede Woche eine gute Story. Und wenn sich die Story über ein, zwei Wochen weiterziehen lässt, ist das super. Noch ein Pastis«, sagte er zu Milena, »und für Hunkeler noch ein Bier.«

Hunkeler holte aus, um ihm eine zu verpassen. Aber Hauser war schneller und packte sein Handgelenk.

»Bist du wahnsinnig, alter Mann? Was meinst du, was los ist, wenn in unserem Blatt steht, ich sei von einem Basler Ex-Kommissär geschlagen worden? Überlege doch mal, bevor du dreinschlägst.«

Er ließ das Handgelenk los. Hunkeler zitterte vor Wut.

»Wer ist dein Zuträger?«, schrie er. »Spuck's aus, sonst prügle ich es aus dir heraus.«

Der dicke Hauser erschrak und trat einen Schritt zurück. Es war still geworden im Raum. Nur noch das laute Schnarchen der Dogge war zu hören.

»Im Ernst jetzt, Hunkeler. Willst du wirklich eine Schlägerei anfangen? Du weißt doch, dass ich viel jünger bin. Und du weißt auch, dass ich meinen Informanten sicher nicht verrate. Oder weißt du das nicht?«

Hunkeler nickte, sehr langsam.

»Doch, weiß ich.«

»Also, hör auf mit dem Unsinn. Die Wahrheit ist,

dass du ein Fossil bist, das nicht mehr in die heutige Zeit passt. Noch ein paar Jährchen, dann haut es dich endgültig von der Stange. Also komm, sei friedlich, und trink dein Bier. Zum Wohl!«

Hunkeler schaute sich um im Raum, sah all die müden, verlebten Gesichter. Hinten in der Ecke saß der Parkgärtner Ueli Zgraggen. Zu ihm ging er hin, das Bier in der Hand, quer durch den Raum. Er ging wie auf Eiern.

»Darf ich?«, fragte er und setzte sich.

Zgraggen nickte kurz, schaute aber nicht auf. Ein junger, hagerer Mann aus den Bergen, den es in die Stadt verschlagen hatte. Er hatte ein Schnapsglas vor sich.

»Warum sitzt du allein am Tisch?«

Keine Antwort. Zgraggen war auf der Hut. Oder er hatte Angst.

»Du bist also aus Bristen im Maderanertal, nicht wahr? Ich war ein paarmal dort hinten. Erst mit der Gotthardbahn nach Erstfeld, dann mit dem Postauto hinauf ins Dorf. Ich habe alle diese Gipfel bestiegen, Oberalpstock und die beiden Windgällen. Zwei Sommer lang war ich auf Hinterbalm im Brunnital oben, um Bergkristalle zu suchen. Und weißt du was? Ich hatte Glück und habe eine Kluft voller Rauchquarze gefunden. Ich habe sie heute noch, kleine dunkle, durchsichtige Pyramiden.«

Der Raum war wieder voller Männerstimmen und Gelächter. Und Hunkeler redete weiter.

»Die Gemsjäger im Tal haben einen schönen alten Brauch. Sie schieben einem erlegten Tier einen Tannenzweig ins Maul. Oder, wenn sie über der Baumgrenze sind, ein Büschel Gras. Sie tun das, um das tote Wild zu ehren.«

Zgraggen blickte kurz auf. Kein Zweifel, er war voller Angst.

»Warum erzählst du mir das?«

»Weil ich die Welt, in der du aufgewachsen bist, kenne. Und weil ich selber auch aus der alten Welt komme.«

»Soeben hast du wie ein Wahnsinniger geschrien. Warum?«

»Weil ich die Nerven verloren habe. Kennst du das nicht?«

»Nein, auf keinen Fall.«

Er wollte sich erheben, um zu gehen. Aber Hunkeler blieb unerbittlich.

»Nein, hör mir zu. Am besten hat es mir auf der Golzernalp gefallen. Die Alphütten mit dem Vieh ringsum, am Morgen und am Abend der Alpsegen. Der kleine See, in dem man schwimmen kann. Der Bristenstock gegenüber im Gegenlicht, eine fast vollkommene Pyramide. Die Ruhe, die Stille, der langsame Gang der Kühe.«

»Mein Vater hat gehirtet auf Golzern«, sagte Zgraggen. »Ich war schon als kleiner Bub dort oben.«

»Warum bist du in die Stadt gekommen?«

»Weil meine Frau sich scheiden ließ. Sie kommt ebenfalls aus Bristen. Wir haben jung geheiratet, haben zwei Töchter. Die drei wohnen jetzt in Altdorf, in einem Wohnblock. Sie ist Pflegefachfrau im Altersheim. Aber sie verdient zu wenig.«

»Als Stadtgärtner hast du doch einen guten Lohn.«

»Ich zahle die Alimente gern. Weil ich meine Frau und meine Kinder immer noch liebe. Sonst wäre ich längst abgehauen.«

»Wohin?«

»Keine Ahnung. Irgendwohin.«

Er redete jetzt sehr leise, flüsterte fast.

»Ich kriege keine Luft hier. Niemand schaut dich an auf der Straße, niemand grüßt dich. Ich komme mir vor wie ein Aussätziger.«

»Aber du hast doch gute Freunde hier?«

»Wen meinst du?«

»Käthi Jaun zum Beispiel.«

»Ach so, ihr habt über mich geredet.«

»Sie hat mir von dir erzählt. Von deinem Schlüsselservice, den du aufgezogen hast, um deinen Lohn aufzubessern.«

Zgraggen schaute ihn offen an, zum ersten Mal während des Gesprächs. Irgendwie schien er erleichtert zu sein.

»So sag's doch gleich. Und hör auf mit dem Gequatsche über Bergkristalle und Baden im See. Erstens einmal habe ich für den Schlüssel nie etwas verlangt. Ich habe es getan, um zu helfen, weil diese Menschen mausarm sind. Und zweitens habe ich das alles der Polizei längst erzählt.«

»Und drittens«, sprach Hunkeler, »hast du am frühen Morgen, als du den toten Schmidinger an der Mauer hast liegen sehen, den dicken Hauser angerufen und geschildert, was du gesehen hast. Wie viel hat er dir bezahlt?«

Zgraggens Hand, die neben dem Schnapsglas lag, begann zu zittern, als ob der ganze Tisch beben würde. Endlich regte sich in Hunkeler das Mitleid.

»Gut, das hätten wir. Ich wollte es bloß wissen. Schlimm ist es ja nicht. Viele andere hätten es auch getan, um an ein bisschen Geld heranzukommen. Ich will dich nicht fertigmachen. Von mir erfährt es niemand. Ich wünsche eine gute Nacht.«

Er erhob sich und ging festen Schrittes hinaus.

Draußen auf der Straße überlegte er, was er tun sollte. In seine Wohnung hochsteigen und sich der

Hitze ausliefern? Oder ins Elsass fahren? Dazu war es zu spät, er hatte zu viel getrunken.

Er ging nach vorn zur Kreuzung und setzte sich vor die Kantonalbank. Hier hatte er mitten in der Nacht schon viele Male gesessen und zugeschaut, wie der letzte Dreier Richtung Innenstadt fuhr, vorne drin der Tramführer, der sich ins Bett sehnte, Triebwagen leer, Anhänger leer. Er liebte diese nächtliche Leere auf dem Platz, wo tagsüber ein wildes Gedränge von Autos und Fußgängern herrschte.

Gegenüber bei der Apotheke tauchte ein Schatten auf, nur kurz, er verschwand gleich wieder hinter dem Tramhäuschen. Ein wildes Tier, das war sofort klar.

Hunkeler wartete reglos, atmete nur noch flach, um sich nicht zu verraten. Als das Tier wieder auftauchte, sah er, dass es ein Dachs war. Meister Grimbart, das geheimnisvolle Nachttier, der Allesfresser, der den Menschen kaum je zu Gesicht kam. Er fühlte sich wohl sicher, humpelte quer über die Tramgeleise. Einmal hielt er kurz inne, stellte sich auf die Hinterbeine und prüfte die Witterung, so dass die dunklen Längsstreifen auf seiner Nase zu erkennen waren. Dann ließ er sich wieder auf alle viere nieder und verschwand in der Missionsstraße.

Hunkeler dachte an Ueli Zgraggen, den armen

Mann aus den Bergen, der von seinem Tal und seiner Familie getrennt leben musste. Ein Heimatloser, der in der Nachtbeiz ein bisschen Gesellschaft und Nähe suchte und doch nicht fand. Er liebte Menschen wie ihn, er kannte sie aus seiner Jugend. Pflichtbewusst, jederzeit zur Hilfe bereit. Eigenschaften, die heute nicht mehr gefragt waren. Bittere Gedanken waren es in dieser einsamen Nacht auf einem ganz gewöhnlichen versifften Platz eines Basler Außenquartiers. Ein bitterer, alter Mann. Und doch hatte er soeben einen Dachs vorbeihuschen sehen.

Er beschloss, im Park zu übernachten. Im Gras vielleicht, in einem Busch, Tautropfen auf der Stirn. Er erhob sich und folgte den Geleisen des Dreiertrams, bis rechts die alte Friedhofsmauer auftauchte. Er fand eine Stelle, wo er hinüberklettern konnte. Er zog sich hoch, mit Mühe, und ließ sich auf der anderen Seite zu Boden fallen. Er fiel auf die rechte Seite, ein heftiger Aufprall, aber sein Körper hielt stand.

Er lag in einer Wiese, spürte den kühlen Erdboden, roch das Gras. Seine Augen mussten sich erst an die Dunkelheit, die vollkommen zu sein schien, gewöhnen. Er wusste, dass das in seinem Alter etwas länger dauerte, und ließ sich Zeit. Kein Ton, kein Autogeräusch, keine Schritte von Passanten. Dann hörte er doch etwas. Ein fernes, weittragendes Trommeln, stetig, unveränderbar. Aus der Steppe? Aus dem Busch? Es schien von der Stelle zu kommen, wo der große Mammutbaum stand. Dann plötzlich ein fröhliches Lachen, jung und ausgelassen. Er erkannte einen schwachen Lichtstreifen, der von einer Straßenlaterne über die Mauer geworfen wurde bis zum Plantschbecken drüben. Er fragte sich, ob er hinübergehen, mitplantschen und mitlachen sollte.

Er blieb liegen, wo er hingefallen war, wartete, bis sich der Schmerz in seiner Seite verzogen hatte. Dann rollte er sich ein, um zu schlafen. Schwach hörte er noch ein fernes Flöten, ein paar wenige Töne bloß, die ihm zu gelten schienen. Oder träumte er bloß davon?

Er wurde geweckt von Frauengekreische.

»Du Sauhund, du Arschloch, du verdammter Strolch!«

Er setzte sich auf und sah auf dem nahen Kiesweg Sieglinde Renns weiße Häuptlingsfeder aufschimmern. Die kreischende Frauenstimme war die von Käthi Jaun. Ein wildes Gerangel fand dort statt, männliche Schmerzensschreie waren zu hören. Hunkeler erhob sich, schaltete seine Taschenlampe ein und leuchtete hin. Der Häuptling der

Navajos hielt einen jungen Kerl in Kapuzenjacke im Schwitzkasten, Käthi Jaun hieb ihm die Faust in den Magen.

»Sofort aufhören!«, rief Hunkeler. »Ich bin's, Polizei!«

Die beiden Frauen erschraken, vom Lichtstrahl geblendet. Was der junge Kerl ausnützte, er riss sich los und rannte davon Richtung Mauer.

»Ach, der Sheriff«, sagte der Häuptling. »Was mischst du dich ein? Renn ihm nach, verhafte ihn.«

»Es waren zwei«, sagte Käthi. »Einer ist uns entkommen. Dem andern haben wir es gegeben, dem Saukerl. Der taucht nicht so schnell wieder auf.«

»Was zum Teufel ist hier eigentlich los?«, fragte Hunkeler. »Wer waren die beiden? Was wollten sie?«

»Woher sollen wir das wissen? Vielleicht Geld. Jedenfalls fielen sie über uns her, als wir friedlich schliefen. Aber was tust du hier? Du bist ja nicht mehr im Dienst.«

»Es war die Hitze in meiner Wohnung. Das hält ja kein Schwein mehr aus.«

»Also etwas kann ich dir garantieren«, sagte Käthi. »Wenn die Polizei nicht in der Lage ist, zwei alte Frauen, die in einem öffentlichen Park friedlich schlafen, zu schützen, dann tun wir das selber. Hier«, sie nahm eine Boulekugel aus der Tasche,

»damit schlage ich nächstes Mal, wenn uns einer an die Wäsche will, diesen Arschlöchern den Schädel ein.«

»Woher hast du die?«, fragte Hunkeler, plötzlich hellwach. »Zeig her.«

Er richtete den Lichtstrahl auf die Kugel. Sie hatte drei Ringe eingefräst.

»Nein«, sagte er, »das ist sie nicht.«

»Wie bitte?«, schimpfte Käthi. »Doch, die ist genau richtig. Die habe ich hier im Park gefunden. Und die habe ich jetzt immer bei mir.«

»Von mir aus«, sagte Hunkeler. »Tut, was ihr wollt. Ich lege mich jetzt wieder hin ins Gras.«

Er wollte weggehen. Da leuchtete ein scharfer weißer Lichtstrahl auf.

»Polizei! Hände auf den Rücken, keine Bewegung!«

Es war die Stimme von Kommissär Madörin.

Hunkeler hob schützend die Hände vors Gesicht.

»Schalte diesen verdammten Scheinwerfer aus, Kollege. Er macht uns ja alle nachtblind.«

Es ging eine Weile, bis Madörin den Strahl auf den Boden richtete. »Was tust du hier, Kollege?«

Ja, was tat Hunkeler eigentlich hier, mitten in der Nacht? Warum lag er nicht in seiner Wohnung im Bett? Hatte er zu viel Bier getrunken? Er versuchte zu grinsen, es ging ganz gut.

»Diese verdammte Affenhitze, nicht wahr?«, sagte er. »Sie ist wie ein heißes Tuch, das sich über die Haut legt. Da wird es sogar den Totengerippen im Boden drin zu heiß. Sie kriechen hervor und tanzen.«

»Wie bitte? Bist du besoffen?«

»Aber nein, Kollege. Bloß drei, vier Biere, weil der Körper Flüssigkeit braucht.«

Madörin zögerte. Offenbar wusste er nicht recht weiter. Dann richtete er das Licht auf die beiden Frauen.

»Was tun Sie hier? Wissen Sie nicht, dass der Park bis Sonnenaufgang geschlossen bleibt?«

»Doch«, sagte der Häuptling, »wir wollten einfach ein bisschen spazieren gehen.«

»Was soll die blödsinnige Feder auf Ihrem Kopf?«

»Das ist die Häuptlingsfeder der Navajos. Wir haben ein Geschrei gehört und sind hingerannt. Aber es war alles ruhig.«

»Und du, Kollege? Hast du auch ein Geschrei gehört?«

»Jawohl«, sagte Hunkeler. »Deshalb bin ich ja erwacht. Aber ich habe bloß diese beiden Damen angetroffen.«

»Schöne Damen das«, sagte Madörin. »Es ist ja himmeltraurig, wie tief du gesunken bist. Schämst du dich nicht?«

»Sie sollten sich ein bisschen in Acht nehmen, Herr Kommissär«, sagte der Häuptling. »Erst beleidigen Sie die Indigenen, dann obdachlose Frauen. Was würden Sie dazu sagen, wenn wir damit zur Presse gehen?«

Madörin bebte vor Wut. Aber er beherrschte sich. Er richtete den Lichtstrahl auf Käthi.

»Was haben Sie da in der Hand?«

»Das ist eine Boulekugel. Ich habe sie im Gebüsch gefunden.«

Madörin untersuchte die Kugel genau.

»Drei Ringe, nicht wahr, Kollege?«

»Stimmt. Es ist sie nicht.«

»Gut, meinetwegen.« Madörin schaltete die Lampe aus. »Wir haben Gescheiteres zu tun, als uns mit Gesindel herumzuschlagen. Ich wünsche noch eine angenehme Nacht.«

Er wandte sich ab und verschwand in der Dunkelheit. Sie blieben eine Weile wortlos stehen.

»Danke«, sagte Käthi dann, »dass du uns nicht verraten hast.«

»Warum? Ich habe ja nichts gesehen.«

Als Hunkeler erwachte, schien ihm die Morgensonne ins Gesicht. Er roch den Duft von kühler Erde, von frischem Gras. Er versuchte sich an die vergangene Nacht zu erinnern. An den Besuch im

Milchhüsli. Ans Überklettern der alten Friedhofsmauer. An die beiden Frauen, die den jungen Mann verprügelten. Und an Madörin. Er hatte ihn eiskalt angelogen, was eigentlich überhaupt nicht ging. Aber der Kerl hatte sich allzu blöd angestellt.

Er erhob sich mühsam, indem er sich gegen die Mauer stützte. Die rechte Seite schmerzte noch immer, er hatte wohl ein paar Rippen leicht gequetscht. Dann ging er die Kastanienallee hinunter zum Ausgang Flughafenstraße und weiter zum Tankshop. Dort holte er sich einen halben Liter Wasser, einen Kaffee und ein Croissant.

»Wie siehst du denn aus?«, fragte ihn Musa Dogan.

»Warum?«

»Du schaust zerknittert aus, wie frisch aus der Waschmaschine.«

»Weil ich in einer Wiese geschlafen habe. Sie hat mich gewaschen. Wie geht's deiner Mutter?«

»Alles in Ordnung. Sie hat sich erholt.«

Er setzte sich an eines der Tischchen draußen, das im Schatten stand. Es war angenehm kühl. Er nahm einen Schluck vom Kaffee. Schmeckte hervorragend. Er biss ins Croissant, herrlich. Eine verrückte Nacht war es gewesen. Aber er hatte einiges erfahren.

Von der Flughafenstraße her näherte sich eine

hochaufgeschossene, dünne Gestalt, ganz in Schwarz gekleidet, mit einem Zylinderhut auf dem Kopf. Sie ging über die Kreuzung, ohne nach rechts und links zu schauen, und betrat den Tankshop. Nach einer Weile erschien sie wieder mit einer Tasse Kaffee und einer Literflasche Wasser und setzte sich ans Tischchen neben Hunkeler. Es war eine Frau mit auffallend blassem Gesicht. In ihrer linken Tasche steckte eine kleine Bambusflöte.

»Wie viele Löcher hat Ihre Flöte?«, fragte er.

»Bloß fünf«, sagte sie. »Eine einfache Hirtenflöte aus Matala auf Kreta.«

Sie sprach mit fremdem Akzent. Ihr Alter war schwer zu schätzen.

»Woher kommen Sie, wenn ich fragen darf?«

»Leiden, Holland. Warum?«

»Weil ich vor einigen Tagen in einem Elsässer Dorf nahe der Grenze eine Bambusflöte gehört habe, mitten in der Nacht. Dann habe ich eine hohe, dunkle Gestalt vorbeigehen sehen. Es waren nur wenige Töne, die sich wiederholten. Ich habe die Gestalt Richtung Wald verschwinden sehen.«

»Das war ich. Ich spiele nie viele Töne.«

»Vergangene Nacht«, sagte er, »habe ich im Park drüben verbracht. Da habe ich dieselben Töne gehört. Erst habe ich gedacht, es sei ein Traum.«

»Nein, kein Traum. Das war ebenfalls ich.«

»Warum tun Sie das?«

»Ich bin unterwegs nach Cremona, der Stadt des singenden Holzes. Sie kennen sicher den Geigenbauer Stradivari.«

Hunkeler nickte.

»Dort will ich hin. Alles zu Fuß, alles in der Nacht. Ich schlafe immer draußen. Immer die Flöte am Mund. Sie führt mich, sie zeigt mir den Weg.«

»Haben Sie den Tod vor Augen?«

Wieder lächelte sie, mit eingefallenem Mund.

»Das haben wir doch alle. Aber zuerst das Leben, erst dann der Tod.«

Sie erhob sich, nahm die Wasserflasche und verbeugte sich.

»Danke für das Gespräch. Es war sehr angenehm.«

Sie ging langsamen Schrittes die Mühlhauserstraße hinunter Richtung Rhein.

Am Abend hielt es Hunkeler nicht mehr aus in der heißen Stadt. Er hatte ein paar Stunden auf seinem Bett gelegen, um ein bisschen Schlaf nachzuholen, geplagt von wirren Nachmittagsträumen. Er fragte sich wieder einmal, was er hier eigentlich tat. Was ging ihn dieser Hauser an mit seinen Lügengeschichten? Was der arme Ueli Zgraggen aus den Bergen? Und was die dürre Lady aus Leiden?

Immerhin hatten ihm die Begegnungen mit ihr überaus gut gefallen. Als sie in jener Nacht flötenspielend Richtung Wald gegangen war. Und als sie ihm im Tankshop erklärte, warum sie dies tat. Die Stadt des singenden Holzes. Schön klang das, überaus poetisch. Warum eigentlich, überlegte er, reiste er nicht auch zu Fuß und schlief draußen, wie sie? Er konnte noch immer stundenlang gehen, und er fühlte sich wohl dabei. Warum setzte er nicht selber Fuß vor Fuß, um ein bestimmtes Ziel zu erreichen? Arles zum Beispiel in der Camargue? Oder Assisi, wo der heilige Franz begraben lag? Er hatte alles, was es dazu brauchte. Vor allem hatte er Zeit. Und wenn etwas schieflief, würde ihn Hedwig herausholen.

Er erhob sich vom Bett, rollte eine Wolldecke zusammen, steckte drei Äpfel ein und ein Mückenspray und machte sich auf den Weg. Er ging die Tramlinie entlang nach Allschwil und dort die Anhöhe hinauf Richtung Schönenbuch. Die Hitze lag noch immer schwer über der Stadt, der Schweiß tropfte ihm von der Stirn. Die Sonne hing schräg oben vor seinen Augen, es war ihm, als schritte er direkt in ihr Licht hinein. Er durchwanderte das Dorf Schönenbuch und ging hinab zur Landesgrenze im Talgrund. Es folgte ein leichter Anstieg zum Friedhof von Wentzwiller. Dort setzte er sich auf die Mauer und aß einen Apfel. Die Sonne hing nur noch handbreit über dem Horizont. Im Norden erhoben sich die Vogesen, von den aufkommenden Schatten leicht bläulich überhaucht. Im Süden das dunkel ausrollende Juragebirge, im Osten der Schwarzwald, noch immer im Abendschein. Ein leichter Wind war aufgekommen, der kaum spürbar über die Anhöhe strich. Er freute sich, in den Abendhimmel hineinwandern zu können, und stieg hinab ins Dorf. Dort wusch er sich Gesicht und Hände am Brunnen und trank ausgiebig von der Röhre. Er dachte kurz daran, in den Wald zu den drei Schwestern zu gehen, denen dort eine kleine Kapelle errichtet worden war. Ein heiliger Ort offenbar, les trois sœurs, mehr war nicht bekannt. Aber immer am Palmsonntag gab es eine Prozession dorthin. Vielleicht waren es dieselben drei Frauen, die in Les Saintes-Maries-de-la-Mer verehrt wurden.

Hunkeler folgte dem schmalen Bachlauf, der nach Westen Richtung Folgensbourg hinaufführte. Ein holpriger Feldweg, der kaum noch befahren wurde. Alte Obstbäume in den Wiesen, halb verdorrt, voller Misteln. Er war froh, der Hitze der Stadt entronnen zu sein, den bohrenden Fragen nach fremder Schuld. Er selber hatte genug eigene Schuld auf sich geladen, fand er, wie jeder andere

Mensch auch, der lebte und liebte. Er hatte genug damit zu tun.

Er roch den Geruch des Waldes nebenan, Holz, moderndes Laub. Auch ein Duft von Gras, von Heu war dabei, altbekannt und tröstlich. Er überlegte, ob er hier nächtigen sollte. Ein Feuer entfachen vielleicht, sich hinsetzen und zuschauen, wie das Holz langsam verglühte. Nein, dazu war es zu früh, der Himmel zu hell.

Als er auf der Höhe Folgensbourg erreichte, waren bereits die Straßenlaternen eingeschaltet. Ein Irrsinn war dies, denn hier ging niemand zu Fuß. Wer unterwegs war, saß in einem Auto mit Scheinwerfern. Aber so waren die Leute eben. Sie fürchteten sich vor der Dunkelheit, auch wenn sie noch gar nicht da war.

Oben bei der Wirtschaft Aigle, die Licht hatte, sah er im Westen das Abendrot aufleuchten. Er fragte sich, ob er kurz einkehren sollte, einen Imbiss einnehmen, einen Schoppen trinken. Er tat es nicht, ging weiter fürbass. Welch altertümliches Wort, fiel ihm ein, ich gehe fürbass.

Kurz bevor er den Wald betrat, glommen die Sterne auf. Ein endloser Himmel, übersät von weißem Gestirn. Er blieb stehen und breitete die Arme aus, um das ferne Licht zu grüßen. Dann bückte er sich und hob die Wolldecke auf, die ihm entglitten war. Er folgte dem Karrenweg, der ins Gehölz führte. Er kannte den Weg, er war ihn schon mehrmals gegangen, stets bei Tageslicht. Schon nach wenigen Schritten war die Dunkelheit undurchdringlich. Er schaltete die Taschenlampe ein und ging in ihrem Schein weiter bis zur großen Buche, die sein Ziel war. Hier, das wusste er, gab es eine freie Stelle, wo nichts als dürres, trockenes Laub lag. Hier setzte er sich nieder, aß die beiden restlichen Äpfel und sprayte sich gegen die Mücken Gesicht und Hände ein. So blieb er sitzen, den Rücken an den Stamm gelehnt.

Er wusste, dass im Wald immer irgendein Geräusch zu hören war, er kannte dies von früher. Stets war irgendwer unterwegs, eine Maus, ein Käfer, ein Fuchs. Trotzdem war es ihm erst unheimlich, hier zu sitzen und nichts anderes zu tun, als zu warten. Bis er endlich ruhig wurde, sich einrollte in die Decke und einschlief.

Er erwachte, weil ihn jemand in den Rücken stupste. Er wusste zuerst nicht, wo er war. Dann packte ihn der kalte Schreck. Wer war das gewesen, wer war neben ihm in der Schwärze? Er rührte sich nicht, lauschte in die Dunkelheit. Er hörte ein schnelles Atmen. Er setzte sich vorsichtig auf, schaltete die Lampe ein und richtete den Strahl dorthin, wo das Atmen herkam. Zwei Augen leuchteten auf, fremd und gefährlich. Wem gehörten diese Augen, wer verbarg sich dahinter? Was kroch da auf ihn zu aus der Nacht?

Bis er den Geruch wahrnahm, der aus einem Tiermaul kommen musste. Nach totem Fleisch, nach Verwesung.

»Kaspar, du Köter«, sprach er und versuchte, sich zu beruhigen. »Du hast mich zu Tode erschreckt. Komm her.«

Der Hund kroch heran und wollte ihm die Hand lecken.

»Lass das. Es freut mich auch, dich wiederzusehen. Aber was tust du hier, allein mitten im Wald?«

Er schüttelte kurz den Kopf und grinste. Dann blickte er hinauf ins Laub, in dem der erste Schimmer des Tages hing.

»Einer wie ich, so etwas Verrücktes. Also komm her, leg dich an meine Füße. Ich schlafe jetzt noch zwei, drei Stunden. Dann sehen wir weiter.«

Es waren die Vögel, die ihn weckten, so nahe und laut sangen sie. Einige erkannte er sogleich, die Buchfinken, die Meisen, Amseln. Auch ein Zilpzalp war dabei, der alle andern übertönte. Wie der aussah, wusste er nicht, er hatte noch keinen gesehen. Aber sein schmetternder Ruf war ihm vertraut.

Daneben gab es einige virtuose Sänger, die er nicht benennen konnte. Vermutlich Drosseln. Rotdrossel, Misteldrossel, Wacholderdrossel? Oder waren es Nachtigallen?

Er erhob sich und dehnte ausgiebig seinen Oberkörper. Er spürte immer noch seine rechte Seite, aber er fühlte sich bestens ausgeruht.

»Also los«, sprach er zu Kaspar, der ihn nicht aus den Augen ließ, »komm mit, wir gehen heim.«

Sie folgten dem Karrenweg zum Waldrand, wobei ihm der Hund dicht auf den Fersen blieb. Bloß an der sumpfigen Stelle, wo Schachtelhalm wuchs und sich die durchziehenden Wildschweine zu suhlen pflegten, blieb er zurück, um zu schnüffeln und zu knurren. Aber auf dem offenen Feld war er wieder da, als ob er auf das Gehen bei Fuß dressiert worden wäre.

»Schäm dich, Kamerad«, sagte Hunkeler. »Erst schnüffelst du den Säuen nach, als ob du abhauen möchtest. Dann kriechst du wieder heran und trittst mir auf den Füßen herum. Etwas will ich dir sagen. Hüte dich vor den Bachen, die sind stärker als du.«

Der Mais, mit dem die weiten Ackerflächen bebaut waren, stand bereits mannshoch. Saftiges, tropisch anmutendes Gewächs, wie auf den Bildern von Henri Rousseau. Mittendrin ein Raubtier, das einen Menschen ansprang, um ihn aufzufressen, wie auf der *Urwaldlandschaft mit untergehender Sonne,* die im Basler Kunstmuseum hing. Dieses Bild hatte Hunkeler jetzt vor Augen. Was wohl daher kam, dass er in einem Urwald, in dem zwei gefährliche Augen aufleuchteten, übernachtet hatte.

Die Kirchenuhr schlug halb neun, als sie das Dorf erreichten. Links die Bretterstapel der Zimmerei, rechts am Bachufer das tiefgrüne Kraut, in dem wohl noch immer eine Bisamratte verweste. Weiter vorn das Kreuz des heiligen Imber, die Brücke, dann Hunkelers Haus. Er holte in der Scheune das Halsband, das er von der Nachbarin erhalten hatte, und einen festen Strick und band den Hund an. In der Küche kippte er eine Büchse Tortellini in einen Teller, ließ Wasser in einen Eimer laufen und stellte beides vor Kaspar hin.

»Hier, wenn du unbedingt willst. Ab morgen gibt's bloß noch Trockenfutter aus dem Laden in Jettingen. Mal sehen, wie lange du es aushältst bei mir.«

Gegen Abend lag Hunkeler auf seinem Bett und las in einem Buch über die Kreuzzüge, wie die Kreuzritter, die 1099 Jerusalem erobert hatten, in der Al-Aksa-Moschee unter der einheimischen Bevölkerung so grausam wüteten, dass laut einem Augenzeugen das Blut den Boden knöcheltief bedeckte. Und dass der Papst dem Tempelorden, der die Aufgabe hatte, die christlichen Pilger im Heiligen Land zu beschützen, im Jahr 1144 einen Sündenerlass zusicherte. Das Buch hatte den Untertitel »Aufstieg und Untergang von Gottes heiligen Kriegern«. Und Hunkeler fragte sich wieder einmal, was denn an einem Krieg heilig sein konnte. Offenbar, so folgerte er, war ein Krieg dann heilig, wenn er von den jeweiligen Religionsführern heiliggesprochen wurde.

Er ging hinaus und setzte sich auf die Bank an der Hausmauer. Der Nussbaum war zu stattlicher Größe herangewachsen. Seine untersten Äste hingen knapp über dem Erdboden. Dort waren lianenartige Schlingpflanzen emporgewuchert, die schneeweiße Blütenkelche öffneten. Ein kühler Raum war dort um den Baumstamm herum, an dem eine Menge Weinbergschnecken klebten, eine neben der andern. Hunkeler ging hin, um sie zu zählen. Es waren 53 Stück.

Er hörte Hedwigs Auto heranfahren und sah sie aussteigen in leichtem hellblauem Kleid und Strohhut auf dem Kopf.

»Sommerferien«, sagte sie, »ich habe alles erledigt, was zu tun war. Fahren wir zur Feier des Tages zu Madame Chappuis nach Tagsdorf.«

Sie sah den Hund vor der Scheune liegen, der sich ruhig verhielt.

»Was soll dieses Tier dort? Hast du jetzt einen Hund?«

»Das ist bloß Kaspar«, sagte er, »er schläft friedlich.«

»Stimmt nicht. Er schaut mich böse an.«

»Aber nein. Nur für ein paar Tage. Komm her, ich will dir etwas zeigen.«

Er nahm sie an der Hand und führte sie zum Nussbaum.

»Schau mal, es sind 53 Stück.«

»Schnecken? Was soll das? Willst du den Sommer unter diesem Baum verbringen? Wo hast du überhaupt dein Auto?«

»In Basel. Ich bin gewandert, durch die Nacht.«

»Du und wandern? Da lacht ja unser Gockel. Was ist los mit dir?«

»Nichts, alles in Ordnung. Fahren wir nach Tagsdorf.«

Sie fuhren durch die Dörfer. Jettingen, Franken, Hausgauen.

»Warum streiten wir uns immer?«, fragte er.

Sie lachte fröhlich.

»Und das fragt mich Basels größter Kampfhahn.«

»Stimmt nicht, du fängst immer an.«

Sie legte ihm ihre Hand aufs Knie.

»Bitte lieb und leise. Sonst schlägt es mir auf den Magen.«

An diesem Abend gab es in der Couronne eine Seezunge aus dem Atlantik, Wachteln aus dem Roussillon und einen Flan Caramel zum Nachtisch, dazu eine Flasche St.-Émilion.

»Warum isst du Wachteln«, fragte sie, »wenn du doch die Vögel so liebst?«

»Weil ich ein Allesfresser bin, ein Raubtier. Wir haben übrigens über dreißig Vogelarten bei uns, ich habe sie gezählt. Finken, Meisen, Baumläufer am alten Birnbaum, Grasmücken und Schnäpper. Als Gäste Bunt- und Grünspecht. Einmal war sogar ein Schwarzspecht da, rabenschwarz mit knallroter Haube.«

»Hast du die Fledermäuse mitgezählt?«

»Nein, das sind Säugetiere, Flattertiere.«

»So eines bin ich auch, ich möchte auch herumflattern.«

Er grinste kurz, ließ sich aber nicht beirren.

»Ein Fledermausweibchen hat in der Regel bloß ein einziges Junges. Damit fliegt es mehrere Wochen herum, bis das Junge selber fliegen kann. Das Verrückte ist, ich weiß nicht einmal ihre Namen, ob es Hufnasen oder weiß der Teufel was sind.«

»Zum Wohl«, sagte sie, »auf deine Hufnasen.«

Sie prosteten sich zu und tranken, wunderbar.

»53 Weinbergschnecken«, sagte sie. »Als Allesfresser könntest du sie ja auch fressen, so wunderschön serviert, wie sie am Stamm kleben.«

»Nein, die interessieren mich zu sehr. Überleg doch mal, 53 Stück, das ist eine ganze Menge. Die sind von weit her herangekrochen, als die Hitze einsetzte. Die haben ein Problem damit, weil sie auf einer Schleimspur kriechen, die bei Hitze einzutrocknen droht. Deshalb suchen sie den kühlsten Ort in der Umgebung auf, um sich dort gleichsam einzupuppen, in eine Art Sommerstarre zu begeben und so zu übersommern. Wie aber haben alle 53 Schnecken diesen kühlen Ort gefunden, der zweifellos der kühlste in einem Umkreis von mindestens hundert Metern ist? Kannst du mir das erklären?«

Sie setzte ihr schnippisches Lächeln auf, das ihn immer wieder aufs Neue reizte.

»Vielleicht kennen sie diesen Ort schon lange. Wie alt wird so eine Schnecke?«

»Ich weiß bloß, dass sie zwei Jahre brauchen, bis sie geschlechtsreif sind. Und länger als 25 Jahre steht der Baum noch gar nicht.«

»Dann ist es ihr Instinkt.«

»Instinkt? Was ist das? Nein, ich bin überzeugt, dass sie ein Informationssystem haben, mit dem sie sich gegenseitig informieren.«

»Sie rufen sich also an: Komm her, hier ist es kühl?«

»So ungefähr. Das interessiert mich ungemein, wie sie sich informieren.«

»Du willst also einen Sommer lang vor dem Nussbaum lauern, damit du den Moment nicht verpasst, in dem es kühl wird, die Schnecken aus der Sommerstarre erwachen und wieder davonkriechen? Willst du das?«

»So ungefähr, ja.«

»Wie ich dich kenne, wirst du ihnen Nummern aufs Häuschen malen und Buch führen darüber, wohin und auf welchem Wege sie fortkriechen. Der heilige Hunkeler, der mit den Schnecken spricht. Nein danke, ich will nicht auf Schneckenjagd gehen. Ich will auch nicht Vögel zählen. Ich will flattern, verstehst du? Nach Italien, etwas erleben.«

»Ich war einmal ein paar Wochen in Rom«, erzählte er, »im Frühjahr. Da hing plötzlich ein Vogelzug am Himmel oben, alle in der gleichen Richtung in geschlossener Formation. Stare, die aus dem Süden zurückflogen. Es müssen Zehntausende gewesen sein. Lautlos, wie von Geisterhand geführt. Ich habe diesem Zug mindestens eine halbe Stunde lang zugeschaut, ich habe auf sein Ende gewartet. Er hat kein Ende genommen. Das war von einer unglaublichen Erhabenheit.«

Er bestellte einen Marc de Bourgogne, für sie einen Espresso.

»Du wirst jetzt also ein Vogel- und Schneckenforscher«, sagte sie.

»Ich will wissen, wer in meiner Umgebung alles lebt. Und wie dieses Leben funktioniert.« Dann brüllte er los. »Sei froh, dass ich mich überhaupt noch für etwas interessiere!«

Madame Chappuis brachte den Marc, mit einem strafenden Blick für Hunkeler.

»Siehst du«, sagte er, »jetzt bin ich wieder der Schuldige.«

Sie rührte zwei Zuckerwürfel in den Kaffee.

»Nein«, sagte sie, »ich habe genug Vögel im Kindergarten, die krähen auch in sämtlichen Sprachen. Schnecken habe ich auch genug. Von der dicken, trägen Art, die mit Süßigkeiten vollgestopft ist. Vielleicht solltest du einmal herkommen und ihnen eine Stunde lang von der Weinbergschnecke erzählen. Vielleicht würden sie dir zuhören, vielleicht auch nicht. Ich vermute mal, eher nicht. Das Einzige, was sie an der Weinbergschnecke interessieren könnte, ist die Frage, ob man sie essen kann.«

Sie nahm einen kleinen Schluck vom Kaffee.

»Über Rom könnten wir schon reden«, sagte sie.

»Von mir aus«, antwortete er.

Sie schaute ihn misstrauisch an.

»Wie meinst du das?«

»Vielleicht möchte ich mich auf eine lange Wanderung begeben, zusammen mit dir.«

»Und deine Schnecken?«

»Die laufen mir nicht davon.«

Sie überlegte kurz, dann lächelte sie ihn an.

»Und wohin?«

»Nach Assisi, zum Grab des heiligen Franz.«

»Von Basel aus? Ist das nicht zu weit?«

»Nein, wir fahren mit dem Zug nach Cremona.«

»Warum Cremona? Und nicht zum Beispiel nach Parma? Dort gibt es einen schönen Dom.«

»Gut«, sagte er. »Und dann über den Appennin in die Toskana hinein.«

»Ist das abgemacht?«

»Ich habe noch etwas zu erledigen, es dauert nicht lange. Sagen wir, in drei Tagen auf dem Bahnhof. Abgemacht.«

Mitten in der Nacht erwachte er, weil eine Eule rief. Von ganz nah, wie ihm schien, sie musste auf dem Birnbaum sitzen. Er lag neben Hedwig, spürte ihre Fußsohlen zwischen den Beinen. Er hörte wieder den Eulenruf, dann die Antwort einer zweiten Eule, die wohl auf der Pappel saß. Weißes Mondlicht lag auf der Bettdecke.

Langsam erhob er sich, sorgfältig, um Hedwigs

Schlaf nicht zu stören, und ging lautlos zum Fenster. Der zunehmende Mond hing am Himmel, es fehlte nur noch wenig zum vollkommenen Rund. Das Laub der Weide glitzerte im leichten Wind, der durch die Nacht strich. Die beiden Eulen waren zum Greifen nah und trotzdem nicht zu erkennen in den Bäumen.

Von ferne, vom Wald her, war ein schwaches Heulen zu hören, als ob ein mondsüchtiger Wolf den Himmel anrufen würde. Hunkeler trat sehr leise ins Zimmer zurück. Er durchquerte Stube und Gang, ohne Licht zu machen, und öffnete die Haustür. Er sah auf den ersten Blick, dass die Stelle, wo er Kaspar angebunden hatte, leer war.

Am Morgen, als sie ausgeschlafen hatten, blieben sie noch eine Weile im Bett liegen, um ein bisschen zu schwatzen.

»Was hast du eigentlich vor mit dem Hund? Willst du ihn mitnehmen auf unsere Wanderung?«

»Nein, er ist weg.«

»Wie weg?«

»Ich habe ihn heute Nacht heulen hören, hinten im Wald. Ich bin nachschauen gegangen. Der Strick war durchbissen.«

»Also doch ein Untier, dein friedlicher Schläfer.«

»Gestern«, sagte er, »als ich durch die Maisfelder ging, ist mir der Douanier Rousseau eingefallen.«

»Der mit dem Urwald und den Märchentieren drin?«

»Ja der.«

»Den kenne ich. Auf einem bläst eine nackte Gestalt eine Flöte.«

Sie räkelte sich genüsslich. Er mochte diese Morgenstunden zu zweit, wenn sich die Gedanken befreiten und locker herausrutschten.

»Wo hast du in der vergangenen Nacht geschlafen?«

»Unterwegs, im Wald.«

»Im Mondlicht?«

»Nein. Eingeschlafen bin ich in völliger Dunkelheit. Einmal bin ich erwacht. Da hat mich ein Tier angestarrt, so dass ich erschrocken bin. Es war Kaspar, der mich gefunden hat.«

»Du hängst also an ihm?«

»Ja, schon.«

»Hunkeler zähmt die Tiere der Wildnis. Dabei ist er selber ein wildes Tier. Wo ist der Hund jetzt?«

»Hinten im Wald, vermute ich. Wo sich die Säue suhlen.«

»Was für Säue?«

»Die Wildschweine, die vorbeiziehen. Sie wälzen sich dort im Schlamm, um ihre Haut zu pflegen.

Die ist sehr empfindlich, weil sie kein Fell haben, bloß Borsten.«

»Genau wie du, wenn du dich nicht rasierst. Warum haben eigentlich bloß die Männer Bärte und die Frauen nicht?«

»Findest du das ungerecht?«

»Ja, im Prinzip schon. Aber eigentlich nicht. Zeigst du mir diese Stelle, wo sich diese Säue suhlen?«

»Wenn du willst, gern.«

Sie wanderten durch die Maisfelder Richtung Wald. Er ging gern neben Hedwig, er wusste es schon lange.

»Ich gehe gern neben dir«, sagte sie. »Weil du nie stehen bleibst, um irgendetwas zu erzählen. Das tun nämlich viele. Sie bleiben plötzlich stehen, so dass man auch stehen bleiben und ihnen zuhören muss, bis sie sich wieder in Bewegung setzen. Das hasse ich wie die Pest.«

Im Wald hörten sie das Geschrei von Krähen. Dann, als sie näher kamen, flatterten sie davon, schwarze Aasvögel, die im hellen Laub verschwanden.

Die Suhle war heftig durchwühlt, er erkannte die Spuren einer Bache und von Frischlingen im feuchten Boden. Mittendrin lag der Hund Kaspar mit aufgerissenem Bauch, aus dem das Gedärm hervorquoll.

Hunkeler griff in die Hosentasche, holte das Eiserne Kreuz hervor und warf es in weitem Bogen ins junge Gehölz.

»Leb wohl, alter Kämpfer«, sagte er.

»Schrecklich«, sagte Hedwig und hielt sich die Hände vor den Mund. »Das ist grauenhaft. Wer hat ihn so zugerichtet?«

»Die Wildschweine. Es war eine Bache dabei mit Frischlingen.«

»Aber er hätte doch weglaufen können.«

»Das hätte er können. Aber das wollte er nicht.«

»Und jetzt? Was tun wir mit ihm?«

»Wir lassen ihn liegen. Die Krähen fressen ihn, oder es kommt ein Fuchs oder ein Luchs vorbei.«

»Was? Gibt es hier Luchse?«

»Das weiß ich doch nicht. Irgendwer wird ihn auffressen. Komm, wir gehen zurück aufs offene Feld.«

Sie blieb nach wenigen Schritten stehen.

»Mein Gott, Peter, wenn sie über dich hergefallen wären, während du schliefst.«

»Aber nein. Sie sind nicht über ihn hergefallen. Er ist über sie hergefallen.«

Nach ein paar weiteren Schritten blieb sie wieder stehen.

»Was war das, was du aus der Tasche geholt und weggeworfen hast?«

»Das weißt du doch.«

»Wie bitte? Hast du dieses verdammte Kreuz die ganze Zeit in der Tasche gehabt? Aber warum denn?«

»Ich weiß nicht. Jetzt ist es ja weg, sei doch froh.«

»Worüber soll ich froh sein? Darüber, dass du dich mit einem Untier zusammentust, das eine Mutter mit ihren Kindern überfällt? Was war das für ein Tier, das dich gestern Nacht angestarrt hat?«

»Ich habe es dir ja gesagt. Es war Kaspar.«

»Und jetzt liegt er zerfetzt im Schlamm. Nein danke. Etwas kann ich dir sagen. Wenn ich mitkomme auf diese Wanderung, so werde ich jede Nacht in einem warmen Bett schlafen.«

Sie stapfte wütend durchs Unterholz Richtung Waldrand.

Am Abend, als Hedwig nach Basel zurückgefahren war, holte Hunkeler zwei Flaschen Wein aus dem Keller und ging damit zu Nicole Schlienger. Sie saß wie immer in der Küche vor ihrem Glas. Daneben lag eine Packung Zwieback. Er stellte die beiden Flaschen hin.

»Weihnachten und Ostern zusammen«, sagte sie und schlurfte zur Spüle, um ihr Glas auszuwaschen. Dann schenkte sie sich behutsam ein und trank.

»Viel zu gut für mich. Trinkst du ein Glas mit?«

»Gern, wenn es nicht zu viele Umstände macht.«

Sie schüttelte den Kopf und holte ein zweites Glas.

»Unglaublich, wie mir die Freundlichkeit abhandengekommen ist. Bestimmt denkst du, ich sei ein altes Scheusal. Manchmal graust es mir vor mir selber. Darf ich dir Zwieback anbieten?«

»Danke, nein. Wie geht's dem Kitz?«

»Dem geht's gut. Es hüpft draußen herum.«

»Und sonst? Was gibt's Neues?«

»Ich frage mich, was in Basel eigentlich los ist. Das nimmt ja kein Ende.«

»Was denn?«

»Am Rheinufer beim Hotel Drei Könige ist eine Frau totgeschlagen worden.«

»Wie bitte?«

»Ja. Ihre Leiche wurde im Rechen des Rheinbades gefunden.«

»Wann war das?«

Sie suchte auf dem Smartphone.

»Hier, ich hab's. Heute um 15 Uhr 49 meldete Nausikaa: ›Um zwölf Uhr mittags kamen zwei junge Typen in Kapuzenjacken ins Bad. Sie sprachen Französisch und Elsässisch. Sie waren total verladen. Habe sie heimlich fotografiert. Sie haben randaliert, Stühle ins Wasser geschmissen. Onorio und Gelbert haben sie hinausgeworfen. Sie zogen bachaufwärts weiter. Sie hat wohl auf dem Treidelweg oberhalb der Fähre geschlafen. Die Polizei hat dort eine Bambusflöte gefunden. Die Beiden haben sie im Schlaf ermordet und in den Rhein geworfen. Onorio und Gilbert haben sie im Rechen hängen sehen und herausgeholt. Sie war aber bereits tot. Ich habe sogleich angerufen, die Polizei war in genau sechs Minuten vor Ort. Ich habe ihr die Fotos zur Verfügung gestellt.

PS: Gilbert macht sich Vorwürfe, dass er die beiden, als sie im Bad randalierten, nicht in eine Kabine gesperrt hat. Aber wer konnte diese schreckliche Tat voraussehen? Niemand. Wir alle versuchen, Gilbert und auch Onorio zu trösten. Und wir alle müssen in Zukunft besser aufpassen.‹«

Hunkeler betrachtete die drei Fliegen, die im Zickzack um die Lampe surrten.

»Wer ist diese Nausikaa?«, fragte er.

»Warum fragst du das? Das ist doch jetzt egal.«

»Weil sie eine Königstochter auf einer griechischen Insel war.«

»Fällt dir nichts Gescheiteres ein? Du bist doch Polizist gewesen. Wenn du willst, kannst du dir mein Moped ausleihen und die gelbe Jacke.«

Er überlegte kurz.

»Nein, ich bleibe im Elsass. Wenn eine neue Meldung hereinkommt, rufst du mich an.«

»Und was ist mit dem Wein?«

»Den musst du allein austrinken.«

Er ging hinaus und den Talbach entlang, der kaum mehr zu hören war. Nur noch ein schwaches Rieseln. Wenn nicht bald Regen kam, würde er ganz austrocknen. Die Hitze lag bleischwer über dem Land. In jedem Atemzug, in jedem Luftholen, so dass die Gedanken der Menschen zu sieden begannen, selbst am kühlen Rhein unten. Anders war es nicht zu erklären, dass eine ältere Dame, die nachts flötenspielend durch die Dörfer ging, von zwei jungen durchgeknallten Typen erschlagen und in den Fluss geworfen wurde.

Bei der Brücke vorn setzte er sich. Das Dorf schien tot zu sein. Niemand kam vorbei, den er hätte grüßen können. Kein Bellen eines Hundes, kein Rasseln einer Kette in einem Stall. Einmal ging eine getigerte Katze über die Straße. Als sie Hunkeler dasitzen sah, blieb sie kurz stehen und verschwand dann hinter einer Scheune.

Nein, was am Rhein unten geschehen war, war nicht zu verstehen. Diese Unverstehbarkeit war es, die Hunkeler so erschreckte. Vermutlich wurden die beiden Kerle demnächst gefasst. So durchgedrehte Typen waren meist zu wenig vorsichtig, um unentdeckt zu bleiben. Aber wenn sie gefasst waren, stand das Kommissariat vor einem neuen Problem. Warum hatten sie es getan? Weil sie auf Drogen waren? Weil sie nichts Gescheites zu tun hatten? Oder wegen der Hitze?

Vermutlich waren es die gleichen jungen Männer, die vorgestern Nacht, als er im Park übernachtet hatte, von Käthi Jaun und dem Häuptling verprügelt worden waren. Er wusste, dass er sich nicht korrekt verhalten hatte. Selbstverständlich hätte er dem Kollegen Madörin den Vorfall melden müssen. Vielleicht hätte so der Mord an der Holländerin verhindert werden können.

Er schloss die Augen und hatte vor sich ihre Leiche, wie sie auf den Grund des Rheins sank zu den Kieseln hinunter. Wie sie langsam, von der schwachen Strömung geschoben, flussabwärts trieb, und kein begütigender Mond hing am Himmel. Wie sie am Landesteg der Fähre vorbeischwamm und sich hier und da festhakte irgendwo am Grund. Wie sie wieder losgerissen wurde und weiter über die Kiesel kroch. Bis sie nach langer, träger Wasserfahrt vom Rechen des Rheinbads aufgefangen und an die Oberfläche geschoben wurde.

Er merkte, wie er selber von diesem langsamen

Hinuntertreiben ergriffen wurde, wie er dem drängenden Sog erlag und hinabgespült zu werden drohte zum tröstlichen Ende, ins Meer.

Er hörte das Brummen eines schweren Motors und schreckte auf. Nein, es war kein Lastkahn, der sich vor seinen Augen flussaufwärts schob, vollbeladen mit Schweröl. Es war ein Traktor mit mannshohen Hinterrädern, der vorbeifuhr, am Steuer eine junge Frau, die ihm fröhlich zuwinkte.

Etwas später betrat er den Stall der Nachbarin. Sie war, wie stets um diese Zeit, am Melken.

»Sie haben Besuch«, sagte sie, »ein älterer Herr.«

»Ach so? Wie sieht er aus?«

»Un pélerin, ein Pilger. Er hat bei Ihnen angeklopft und ist dann nach hinten Richtung Wald gegangen.«

»Ach so, das ist ein Bekannter von mir. Ein bisschen seltsam, aber harmlos. Er heißt Josef Bruderer.«

»Gut zu wissen. Man muss aufpassen heutzutage. Haben Sie vom Mord am Rhein unten gehört?«

Hunkeler nickte.

»Woher wissen Sie es?«, fragte er.

»Vom Südwestrundfunk. Ich höre immer SWR, weil sie deutsch reden. Une hollandaise, erschlagen und in den Rhein geworfen. Wer macht so eppis?«

Er zuckte mit den Achseln, er wusste es auch nicht.

»Ich hätte eine Frage«, sagte er.

»Oui?«

»Ich habe kürzlich auf dem Dachboden oben etwas gesucht. Dabei fand ich in einem alten Koffer eine Klarinette. Und eine ss-Uniform.«

»Ach so. Die Klarinette, da weiß ich nicht, wem sie gehört hat. Die Uniform bestimmt dem Jean-Jacques. Ich kannte ihn nicht mehr. Aber gehört habe ich von ihm. Me het das gewösst, man wusste das im Dorf. Er ist mit 18 Jahren nach Karlsruhe gegangen und der ss beigetreten. Un fou, e Verrockte. Nach dem Krieg ist er kurz im Dorf aufgetaucht und dann in die Fremdenlegion gegangen. Pour toujours, für immer. Es liegen noch viele alte Uniformen in den alten Häusern herum, französische und deutsche. Man muss vergessen. Heute sind wir Franzosen, und dasch rächt eso. Es hat Sie ja auch niemand gefragt, ob Sie Schweizer sein wollen oder nicht.«

»Nein, aber es ist mir ganz recht so.«

»Eben.«

»Ich bin übrigens die nächsten paar Wochen weg.«

»Und Hedwig?«

»Die kommt mit.«

»Gut, ich schaue zu den Hühnern und den Katzen. Viel Vergnügen.«

Auf der Straße draußen blieb er einen Augenblick stehen und schaute nach hinten, ob er einen Pilger in brauner Kutte sah. Nichts war zu sehen als das weiße Licht, das die Blumen in den Gärten der Nachbarn aufleuchten ließ. Hellrosa Malven, blutrote Dahlien, die ersten blauen Astern.

Er ging in seine Küche und holte aus dem Kühlschrank ein Stück geräucherten Speck, das ihm Hedwig aus Hegenheim mitgebracht hatte. Dazu aß er eine Zwiebel und Vollkornbrot, auch ein Geschenk von Hedwig. Er trank vom Brennnesseltee, den sie ihm gebraut hatte. Es wird für mich gesorgt, dachte er zufrieden.

Da hörte er eine sonore Stimme.

Meiner Seele Morgenlicht, sei nicht fern,
o sei nicht fern!
Meiner Liebe Traumgesicht, sei nicht fern,
o sei nicht fern!
In Pagoden, in Moscheen und in Kirchen,
mein Altar
Ist allein dein Angesicht; sei nicht fern,
o sei nicht fern!

Hunkeler schaute hinaus und sah Josef Bruderer auf einem Teppich unter der Weide sitzen, vertieft in sein Gebet.

»Moment«, sagte er, »machen Sie ruhig weiter. Ich komme gleich.«

Er trug Speck, Zwiebel, Brot und den Tee hinaus zum Tisch. Bruderer hatte den Teppich eingerollt.

»Störe ich?«

»Keineswegs«, sagte Hunkeler. »Setzen Sie sich, essen Sie mit.«

Bruderer betrachtete, was auf dem Tisch lag.

»Zwiebel und Brot gern, Speck nicht. Was ist das für Tee?«

»Junge Brennnessel mit Zitrone.«

»Passt«, sagte Bruderer und setzte sich. »Sie haben hervorragenden Löwenzahn in Ihrer Wiese. Auch der Sauerampfer ist nicht von schlechten Eltern. Dazu Knöterich und Schaumkraut, herrlich.«

»Tun Sie sich keinen Zwang an.«

»Sie sollten sich einmal einen Löwenzahnsalat machen. Aber bitte ohne andere Zutaten, außer Zitrone. Bitternis zu Bitternis.«

»Von mir aus können Sie die ganze Wiese abweiden. Wie haben Sie mich gefunden?«

»Ich habe mich durchgefragt.«

Er säbelte ein Stück vom Brot ab, legte einen einzelnen Zwiebelring drauf und biss hinein. Er sagte lange nichts, schien sich ganz auf das Kauen zu konzentrieren.

»Ich bin knapp entkommen«, sagte er dann. »Ich möchte hierbleiben, wenn Sie gestatten. Ich schlafe unter dem Birnbaum, werde Sie nicht stören. Bloß diese Nacht.«

»Von mir aus. Ich verreise übermorgen nach Italien, für drei Wochen. Der Hausschlüssel liegt auf dem Balken über der Haustür. Wenn es ein Problem gibt, fragen Sie die Nachbarin im Stall gegenüber. Sie weiß Ihren Namen.«

Bruderer nickte, trank langsam ein Glas Tee und saß dann ruhig da, als würde er die hereinbrechende Dämmerung genießen und das Zirpen der Grillen. Aber irgendeine Unruhe war da, das merkte Hunkeler deutlich.

»Sie lieben sie noch immer«, sagte er.

Bruderer schwieg lange. Bis er zu erzählen begann.

»Ich habe sie in jener Nacht, als ich nach dem Boulespiel im Keller lag, weggehen sehen in den Park. Ich habe gehört, wie sie sich im Park drin mit Heinrich stritt. Dann war es plötzlich sehr still. Sie ist zurückgekommen in ihre Wohnung, hat geduscht und ist ins Bett gegangen. Nach einer halben Stunde etwa bin ich nachschauen gegangen und habe den toten Heinrich an der Mauer liegen sehen. Daraufhin wagte ich mich nicht mehr in den Keller hinunter. Ich habe mich im Thujagebüsch versteckt.«

»Warum erzählen Sie mir das jetzt?«

»Weil es dunkel ist und ich dabei niemandem in die Augen schauen muss.«

»Und warum sind Sie gerade zu mir gekommen?«

»Weil ich mich bei Ihnen sicher fühle. Ich bin seit jener Nacht nur noch wenige Male im Keller unten gewesen. Ruth bin ich immer ausgewichen. Sie wirkte auf mich wie abgestorben.«

Im Osten schob sich jetzt der Mond über den Horizont und warf sein Licht über die Weide, auf die Wiese und die beiden alten Männer auf der Bank. Aber Bruderer schien keine Augen dafür zu haben.

»Bis heute Morgen«, sagte er. »Ich war zufälligerweise im Keller, als jemand an der Haustür klingelte. Ich habe gelauscht, wer das war, um sechs Uhr in der Früh. Es waren zwei Männer vom Kommissariat, die mich mitnehmen wollten. Ich erschrak und fasste den schrecklichen Verdacht, dass Ruth auf dem Kommissariat angerufen und mich verleumdet hatte. Aber dann hörte ich, wie sie versucht hat, die beiden Männer aufzuhalten und mir

Zeit zur Flucht zu geben. Sie hat es gut gemacht, ließ sie nicht herein. Ich bin durch die Kellertür entkommen und über den Burgfelder Zoll nach Frankreich geflohen. Und jetzt bin ich hier.«

»Wissen Sie, warum Sie diese Dame so sehr lieben?«

Jetzt lächelte Bruderer tatsächlich.

»Was für eine Frage. Ich habe keine Ahnung. Aber glauben Sie mir, meiner Seele Morgenlicht, meiner Liebe Traumgesicht, das ist Ruth.«

Eine der beiden Katzen sprang auf den Tisch und versuchte, den Speck zu packen. Hunkeler scheuchte sie weg.

»Wahrscheinlich«, sagte er, »haben wir schon morgen Mittag die Gendarmerie vor der Tür.«

»Ich weiß. Ich werde mich vor Sonnenaufgang auf den Weg machen.«

»Wohin?«

»Nach Langres. Dort kenne ich eine Sufi-Gruppe.«

»Langres«, sagte Hunkeler, »die helle Stadt auf dem Hügel, mit der weißen Kathedrale im Morgenlicht. Man sieht sie in der Ferne, wenn man im Train direct nach Paris fährt.«

»Ich bin es gewohnt, heimlich zu reisen, in der Nacht.«

»Nehmen Sie wenigstens dieses Brot mit.«

Bruderer nahm es.

»Vielen Dank«, sagte er und verschwand wiegenden Schrittes im Schatten der Bäume.

Kurz vor Mitternacht rief Hunkeler Lüdi an.

»Oui, mon joujou?«

»Non, nicht dein joujou. Hunkeler hier.«

»Moment.«

Wieder das Klicken eines Feuerzeugs, ein leises Kichern.

»Warum rufst du an? Du weißt doch ...«

»Jaja, ist schon gut. Nur kurz. Die beiden jungen Männer, die die Holländerin totgeschlagen haben, habt ihr sie?«

»Woher weißt du das?«

»Vom SWR. Habt ihr sie identifiziert?«

»Dazu kann ich nichts sagen.«

»Ihr habt sie also identifiziert.«

Ein tiefer Zug aus der Zigarette, das Ausstoßen von Rauch.

»Gefasst haben wir sie noch nicht. Und die Nationalität geben wir nicht heraus. Weil dies zu Schwierigkeiten führen könnte.«

»Die Nationalität ist doch scheißegal. Mich interessiert Folgendes: Haben die beiden etwas mit der Ermordung von Schmidinger zu tun?«

»Nein. Die Landespolizei Lörrach hat uns mitgeteilt, dass sie in jener Nacht die beiden ab 22 Uhr in Gewahrsam hatte, wegen Pöbelei und Sachbeschädigung.«

»Ich danke dir, mein Engel.«

In dieser Nacht lag Hunkeler lange unruhig, ohne Schlaf zu finden. Es waren zwar die vertrauten Geräusche zu hören, die ihn sonst zu beruhigen pflegten. Das Flüstern des Windes, das Zirpen der Grillen, von der Talstraße her das Brummen eines Automotors. Aber das weiße Mondlicht, das ins Zimmer fiel, schien in dieser Nacht übermächtig zu sein.

Er fragte sich, ob er richtig handelte. Ob er überhaupt das Recht hatte, so zu handeln, wie er es vorhatte. Was, wenn er auf falscher Fährte war und ihn sein Verstand, sein Instinkt in die Irre führten? Zuzutrauen war allen alles, was menschlich war. Das hatten ihn seine langen Jahre auf dem Kommissariat gelehrt. Wer war er denn selber, der kleine Polizeibeamte der alten Stadtrepublik Basel, dass er sich zum Richter über seine Mitmenschen aufwarf, indem er sie einer Untat verdächtigte und überführte?

Er hörte es vom Kirchturm ein Uhr schlagen, dann zwei Uhr. Dann schlief er endlich ein.

Er wurde geweckt durch das Krähen von Hahn Fritz. Er sah auf dem Wecker, dass es kurz vor sechs war. Der verdammte Gockel, dem würde er demnächst den Hals umdrehen. Er zog sich an, ging hinaus, um das Federvieh rauszulassen, aß in der Küche eine Banane und trank den Rest des Tees. Dann schloss er das Haus ab und ging hinüber in den Stall zur Nachbarin.

»Die Hühner sind draußen«, meldete er. »Monsieur Bruderer ist weg, ich glaube, er ist unterwegs nach Mulhouse. Bon, ich verabschiede mich.«

»Bonne chance.«

Er ging hinauf zur hohen Straße, die schnurgerade über die Hochebene führte. Dort versuchte er, ein Auto anzuhalten. Der Fahrer hupte und zeigte ihm den Vogel. Auch die folgenden Fahrer rasten vorbei, sie hatten es alle, wie jeden Morgen, sehr eilig. Er ging weiter bis nach Trois Maisons, wo eine Kreuzung die Autos abbremste. Links führte die Straße nach Helfrantzkirch, rechts nach Knoeringue. Geradeaus in der Rheinebene unten waren der Flughafen und die Stadt Basel zu sehen. Hier nahm ihn eine junge Frau mit, die wohl knapp zwanzig war. Aus Hausgauen sei sie, »Husgöie«. Eine noch nicht ganz einjährige Tochter habe sie, zusammen mit Michel, doch der sei arbeitslos. Ob er ihm nicht eine Stelle habe.

Nein, hatte er leider nicht.

Kurz vor Ranspach kam ihnen ein Wagen der Gendarmerie St.-Louis entgegen, mit Blaulicht und gellendem Horn, am Steuer Gendarme Wirz. Hunkeler duckte sich gerade noch rechtzeitig in seinen Sitz. Er grinste zufrieden, denn die Nachbarin würde Wirz auf die falsche Spur nach Mulhouse schicken.

Sie arbeite gern, erzählte die junge Frau neben ihm, die Stelle in Basel sei gut bezahlt. Das Geld reiche facilement für eine kleine Familie in Husgöie. Aber sie sei eben den ganzen Tag weg, vom Morgen früh bis am Abend spät. Viel lieber würde sie daheim bleiben und zu ihrer Tochter Julie schauen. Sie seien zwar alle gesund, aber Muttermilch bleibe eben Muttermilch und sei durch nichts zu ersetzen.

»Qu'est-ce que vous en pensez, Monsieur? Was dänke Si?«

Nichts, sagte er, er denke nichts über Muttermilch.

»Haben Sie keine Kinder?«

»Doch, eine Tochter.«

»Ist das alles?«

»Non, eine Enkelin.«

»Wie heißt sie?«

»Estelle.«

»Sehen Sie sie oft?«

»Ja, sehr oft«, behauptete er, bloß damit sie Ruhe gab.

»Bonne chance«, sagte sie, als sie ihn beim Grenzübergang Burgfelden absetzte, »alles Gute.«

Eine halbe Stunde später saß er bei Erkan im Park vor einer Tasse Kaffee und las Zeitung. Es war ein schöner Hochsommertag, noch nicht allzu heiß an diesem Morgen. Das tiefe Grün der Bäume war bereits durchsetzt vom Braun früher Herbstblätter. Der Rentner Otto stand an der Theke vor einem Ginger Ale mit Zitronenschnitz, begierig auf eine Plauderei.

Hunkeler las zuerst, was die *Basler Zeitung* über den Mord an der Holländerin schrieb. Es war sehr wenig, was ihn nicht erstaunte. Denn seitdem die *BaZ* nach Zürich verkauft worden war, wurde über Basel nur noch spärlich berichtet. Dafür politisch korrekt. Über die Täterschaft hieß es, es seien mutmaßlich zwei junge Männer gewesen. Über den Bericht der Landespolizei Lörrach kein Wort.

»Wissen die nicht mehr, oder getrauen sie sich nicht?«, fragte Otto an der Theke. »Ganz Basel weiß doch, dass es zwei junge Nordafrikaner aus einem Vorort von Mulhouse waren.«

Hunkeler antwortete nichts und griff zum Zürcher Boulevardblatt, auf dessen Frontseite groß Marietta vom Kiosk im Rheinbad abgebildet war. Darunter der Satz: »Ich habe den Mördern ins Auge geblickt!« Der dicke Hauser hatte wieder einmal so richtig zugelangt auf drei Seiten, beste Unterhaltung fürs Volk. Dazu Bilder vom Treidelweg beim Hotel Drei Könige, voller Blumen und Kerzen als Zeichen der Trauer. Vom Rechen vor dem Rheinbad, vom Elendsviertel bei Mulhouse, wo die Mörder, wie es schien, wohnten. Über Herkunft und Nationalität der Täterschaft war nichts zu lesen. Da hatte sich sogar Hauser zurückgehalten, denn dies war ein Politikum.

»Da wird eine arme alte Frau«, schimpfte Otto, »die am Rhein unten ein Mittagsschläfchen macht, von zwei Arabern aus Mulhouse ermordet. Und die Basler Polizei unternimmt nichts dagegen. Wo leben wir eigentlich?«

»Jetzt halt mal die Klappe, ja?«

Das kam so scharf, dass Otto erschrak.

»Du sollst nicht immer so saudumm daherreden«, sagte Hunkeler, »das geht mir kolossal auf den Sack.«

Da erschien Willy, der Storch, unter der Allee, in graziler Majestät. Er stakste langsam heran, behutsam Stelzenbein vor Stelzenbein setzend, eine unglaublich schöne Erscheinung.

»Willy ist da«, meldete Otto.

Frau Koller kam aus dem Kiosk mit einer Packung Salami. Sie ging zum Vogel und streckte ihm die einzelnen Scheiben hin, eine nach der anderen. Er nahm sie behutsam aus ihrer Hand, legte sie sich zurecht und warf sie sich in die Kehle. Bis die Packung leer war.

»So, genug für heute«, sagte Frau Koller und scheuchte den Vogel weg, »ab mit dir in den Himmel.«

Er machte ein paar Schritte, legte sich in die Schwingen und verschwand hinter den Bäumen.

Hunkeler ging hinunter zum Schuppen der Stadtgärtner und trat unter die Linde zur Mauerlücke. Dort stellte er sich hin und wartete.

Nach einer Weile erschien in der Kellertür gegenüber Ruth Mangold, unglaublich dünn in ihrem grauen Kleid. Sie schaute kurz in den Himmel hoch, dann hinüber zur Mauerlücke, wo Hunkeler stand. Endlich stieg sie die paar Stufen hinauf, sehr langsam, als würde ihr das Gehen schwerfallen. Sie blieb stehen vor einem Busch weißer Rosen und schnitt eine ab. Wieder hob sie den Blick und schaute jetzt Hunkeler direkt in die Augen. Sie hob den Arm, um ihm zu winken.

Er stieg über die Mauer und betrat ihren Garten.

Es wuchsen ausschließlich weiße Rosen hier, Busch an Busch.

»Ich habe Sie erwartet«, sagte sie. »Wie geht es Josef?«

»Gut«, sagte er, »er ist unterwegs nach Langres.«

Sie nickte überaus freundlich.

»Darf ich Sie hereinbitten zu einer Tasse Tee?«

»Gern.«

Sie schritt voraus über die Terrasse in einen großen Raum, dessen Wände mit Regalen ausgekleidet waren. Darauf lagen Steine in Kugel- und Eiform.

»Wundern Sie sich bitte nicht allzu sehr«, sagte sie und stellte die Rose in eine Vase. »Ich bin von Beruf Steinschneiderin. Dies ist meine Kunst. Hier rechts liegen die Kugeln, alle aus Eruptivgestein wie Gneis, Quarz, Lava. Links die Eiformen aus Sedimentgestein wie Kalk und Sandstein. Die Eiformen stammen aus meiner Frühphase. Ich habe eine Zeitlang gebraucht, bis ich zur Kugel vorstoßen konnte. Sie ist die Urform, die vollkommene Eruption. Das Ei ist die junge, noch im Werden begriffene Form. Ablagerung, Sediment. Sie können mir bestimmt folgen, nicht wahr?«

»Nicht ganz. Sehr überraschend. Soll das hier eine Prüfung sein?«

»Vielleicht.«

Er zeigte auf eine der Kugeln, die von innen heraus dunkel zu leuchten schien.

»Ein schwarzes Leuchten«, sagte er, »eigentlich ein Widerspruch. Sehr dunkler Rauchquarz, Morion. Ich weiß das, weil ich selber einmal Quarzkristalle gesucht habe. Val Giuv, Göschener Alp. Mit Sicherheit äußerst schwer zu schneiden.«

»Val Giuv. Ich habe ein halbes Jahr gebraucht, bis die Kugelform vollkommen war. Kommen Sie, ich zeige Ihnen etwas.«

Sie führte ihn nach hinten, wo ein Ewiges Licht brannte. Und er kam sich wie früher in der Schule vor, wenn ihn die Lehrerin an die Tafel holte. Aber er hielt stand.

Auf einer Konsole lag eine halbmetergroße Figur aus Marmor, welche die überaus dicke Göttin aus Malta zeigte. Daneben hingen Fotos der Tempel von Malta und Gozo.

»Das sind die fünf Tempel der prähistorischen Malteser Kultur«, sagte er. »Alle aus dem weichen Gestein jener Inseln. Kleeblattförmig, alles rund, kein einziger rechter Winkel. Sie stehen unberührt in der herrlichen Landschaft über dem Meer. Und das da ist ein Abbild der großen Göttin. Es sind zwei davon erhalten. Unglaublich beleibt, wenn ich so sagen darf. Sie war kaum fähig, ohne fremde Hilfe zu gehen.«

»Weiter?«, fragte sie.

»Was mir auffällt«, sagte er, »ist die Tatsache, dass zwei wichtige Artefakte fehlen. Erstens die beiden kleinen Reliefs, die im Museum von Valetta hängen. Auf dem ersten sind drei aufrechte, erigierte Penisse zu sehen, auf dem andern ein einziger erigierter Penis. Offenbar das Einzige, was die Frauen damals an Männern erwähnenswert fanden.«

»Und warum sind diese Reliefs hier nicht vertreten?«

»Wohl deshalb nicht, weil Sie selber dergleichen in keiner Weise erwähnenswert finden.«

Sie lächelte allerliebst.

»Kann sein. Wer weiß?«

»Es fehlt auch das zentrale Höhlenheiligtum von Malta, das Hypogäum. Unterirdische Räume, drei Stockwerke tief, erst vor einem Jahrhundert zufälligerweise entdeckt. Wiederum kein rechter Winkel, keine reine Gerade. Das scheint alles in Bewegung zu sein, zu wachsen, sich zu verändern.«

»Und warum ist das Hypogäum hier nicht abgebildet?«

Pass auf, alter Knabe, dachte er, was du sagst.

»Weil ein Abbild davon bereits eine unerlaubte Festlegung wäre, eine unstatthafte Vervielfältigung von Zeit und Raum. Vielleicht auch, weil der Einsatz von Blitzlicht den Dämmer des Raumes profanieren, entheiligen, würde.«

Frau Mangold nickte, sichtlich zufrieden.

»Ich wusste, dass Sie sich auskennen. Das ist der Grund, weshalb ich Sie erwartet habe. Die Männer kennen sich in der Regel in der maltesischen Kultur nicht aus. Weil es eine Kultur des Matriarchats ist. Wesentlich älter als die ägyptischen Pyramiden, geheimnisvoll, weil ohne Schrift. Keine Männer betreffende Artefakte, außer den Penissen im Museum. Keine Waffen, keine eingeschlagenen Schädel. Die Pyramiden von Giseh hingegen kennt jedes Kind. Diese grässlichen Dreiecke, mit denen sich das Patriarchat die uralte, friedliche Frauenkultur unterworfen hat. Den Satz des Pythagoras lernen alle in der Schule. Von der Sphinx, die vor den drei Pyramiden im Sand liegt, weiß man bloß, dass ihr irgendeinmal ein verrückt gewordener General die Nase wegschießen ließ. Aber noch immer liegt sie dort, das Geheimnis der Schöpfung bewahrend.«

Eine leichte Röte hatte sich während ihrer Rede über ihr Gesicht ausgebreitet. Kein Zweifel, in dieser zerbrechlich wirkenden Dame brannte Feuer.

»Gut«, sagte sie, »ich hole den Tee.«

Sie verschwand. Hunkeler fand sich allein in dem beängstigend eigenartigen Raum. Ein Heiligtum? Eine Kapelle der Kunst? Oder schlicht eine Galerie? Ein niedriger weißer Marmortisch in der Mitte, darauf die weiße Rose. Vier Hocker drum herum aus feinstem Leder, das wohl von irgendeiner Bergantilope stammte. Sonst kein Möbelstück, außer einer makellos weißen Truhe, auf der ein Teeservice stand.

Die Kugeln auf den Regalen rechts leuchteten in allen Farben des Regenbogens. Roter Porphyr, grüne Jade, violetter Amethyst. Alles Gestein, das wohl schon vor Jahrmillionen aus dem Innern der Erde herausgeschleudert und vor wenigen Jahren von Ruth Mangold rundgeschliffen worden war. Links gegenüber die späteren Ablagerungen, zurückhaltend blass in der Ausstrahlung, alle in der Form von Eiern. Seltsam war dies, fand Hunkeler. Was hatte Frau Mangold gegen das Ei? Es war doch auch eine Urform des Lebens. Bis ihm die Lösung einfiel. Frau Mangold war eine Künstlerin, die Partei ergriff. Und zwar für die vollkommene Form der Kugel. Dies hier war ein Mausoleum der steinernen Ewigkeit.

Eine faszinierende Dame, die zeitlebens versucht hatte, hartes Gestein, das eigentlich nicht formbar war, nach ihrem Willen zurechtzuschleifen und so diesen Raum zu vollenden. Es war folgerichtig, dass sie jeden Morgen eine Rose, das Symbol der Schönheit und des Verwelkens, auf den weißen Marmortisch pflanzte. Jeden Morgen neu. Weil sie die Vergänglichkeit nicht ertrug, ihr eigenes Verwelken.

Er erschrak, denn plötzlich stand sie wieder neben ihm, ohne dass er ihre Schritte gehört hätte. Sie stellte einen Teekrug auf den Tisch, holte das Teeservice und schenkte ein.

»Ingwer mit Limonen und einer Prise Zimt«, sagte sie. »Schmeckt's?«

Hunkeler trank. Er sah, dass die Teekanne aus Silber war.

»Ja«, sagte er. »Warum Silber? Sonst sehe ich kein Metall im Raum.«

»Weil Silber das Element der Luna ist. Luna, nicht der Mond. Diese runde Scheibe, die sich heute Abend über den Horizont erheben wird, diese vollkommene Kugel, kann unmöglich ein Mann sein. Wissen Sie das nicht?«

»Durch bewegter Schatten Spiele zittert Lunas Zauberschein«, sagte Hunkeler.

»Und durchs Auge schleicht die Kühle sänftigend ins Herz hinein«, antwortete sie.

Sie legte ein Aufnahmegerät auf den Tisch und schaltete es ein. »Jetzt möchte ich eine Erklärung abgeben.«

Hunkeler überlegte, ob er eingreifen, ihr das Gerät aus der Hand schlagen, sie anschreien sollte. Er tat es nicht. Es war klar, dass sie Macht über ihn gewonnen hatte.

»Hier spricht Ruth Mangold aus der Glaserbergstraße«, sagte sie. »Ich habe, in Anwesenheit von Alt-Kommissär Peter Hunkeler, folgende Erklärung abzugeben.«

»Moment«, fuhr er dazwischen, »hören Sie auf. Was tun Sie da?«

»Schweigen Sie. Die Situation ist zu ernst, um dreinzuschwatzen.«

Er schwieg und fragte sich, warum. War es der Raum, ihre Stimme, ihr totenblasses Gesicht?

»In der Nacht, in der Heinrich Schmidinger zu Tode kam, saß ich ab 23 Uhr am offenen Fenster zum Park hin. Ich hörte, wie drüben Heinrich mit Josef Bruderer Boule spielte. Josef war mein früherer Liebhaber, Heinrich ist mein gegenwärtiger Liebhaber. Ich hörte ihre Kugeln aufeinanderprallen, ein heftiger, metallischer Klang, der mir in der Seele weh tat. Sie spielten wortlos, aber ich wusste, dass Heinrich verlor. Er verlor gegen Josef immer. Um Mitternacht hörte ich Heinrich fluchen und schreien. Da wusste ich, dass sich Josef verabschiedet hatte. Ich hörte, wie Heinrich seine Kugeln gegen die Mauer warf, mit aller Kraft. Das ging nicht, dagegen musste ich einschreiten, denn Kugeln gegen Mauern bedeuten Krieg. Also ging ich durch die Mauerlücke hinüber, um ihn zu beruhigen. Es gelang mir nicht, er war zu wütend. Er packte mich am Hals und bedrohte mich mit der Kugel in der anderen Hand. Er war ein wütender, rasender Krieger. Da tauchte der Stadtgärtner Ueli Zgraggen aus der Dunkelheit auf, der Heinrichs Schreie gehört hatte. Er fiel Heinrich in den erhobenen Arm. Sie kämpften zusammen, was mir lächerlich vorkam. Bis Ueli Zgraggen die Kugel zu fassen bekam und sie Heinrich auf den Schädel schlug. Worauf Heinrich zu Boden sackte. Ich hob die Kugel auf und flüchtete zurück in mein Haus. Das ist die lautere Wahrheit. Was weiter geschah im Park, weiß ich nicht. Ich lege aber großen Wert auf die Feststellung, dass mich Ueli Zgraggen gerettet hat.«

Sie schaltete das Gerät aus, schenkte Tee nach, ließ ein weißes Pulver in ihre Tasse rieseln und trank.

»Was ist das für ein Pulver?«, fragte Hunkeler, der ihr wie benommen zugehört hatte.

»Ein Psychopharmakon«, sagte sie, »gegen Depression, zur Beruhigung. Das alles strengt mich unsäglich an.«

Sie erhob sich mühsam, ging zu den Regalen rechts und ergriff eine schwarzglänzende Kugel. Sie kam zurück und legte sie auf den Tisch. Es war die Boulekugel mit den sieben eingefrästen Ringen.

»Nehmen Sie sie bitte weg aus diesem Raum«, sagte sie und sank in die Knie.

Hunkeler sprang auf und packte die Frau, um sie hochzureißen.

»Es hat keinen Sinn«, sagte sie, »es wirkt sehr schnell.«

Er legte sie auf den Boden, holte sein Handy heraus und tippte die Nummer der Ambulanz ein. Er sah, dass zwischen ihren Lippen rosa Schaum hervorquoll.

Was in den folgenden Minuten geschah, lief ab wie üblich in solchen Fällen. Polizeialltag, Sanitäteralltag. Nach fünf Minuten fuhr draußen die Ambulanz vor. Eine Ärztin kam hereingerannt und kniete sich zur Leiche hinunter. Ihr folgten zwei Sanitäter mit der Bahre.

Die Ärztin erhob sich wieder.

»Was tun Sie hier?«

»Ich bin der«, sagte Hunkeler, »der angerufen hat. Und der die Haustür geöffnet hat, damit Sie schneller hereinkommen.«

»Was ist das hier überhaupt für ein Raum? Man wird ja wahnsinnig.«

»Ein Kunstraum, für die Ewigkeit.«

»Wie bitte?«

»Ich habe mit der Dame hier Tee getrunken.

Dann hat sie etwas in ihren Tee geschüttet, die Tasse ausgetrunken und war nach höchstens drei Minuten tot.«

Sie griff zur Tasse und schnupperte daran.

»Das sollten Sie nicht tun«, sagte er.

»Wer sind Sie überhaupt?«

»Hunkeler, Kommissär im Ruhestand.«

»So sagen Sie es doch gleich.« Und zu den Sanitätern: »Exitus. Wartet bitte draußen.«

Er ging hinaus auf die Terrasse und betrachtete den Rosengarten, dahinter das dunkle Laub der Bäume. Etwas schüttelte ihn kurz durch, ein Kloß im Hals, ein Stein im Magen.

Er hörte, wie zwei Kriminaltechniker im Raum drin zu hantieren begannen. Erregte Worte, sie waren wohl noch unerfahren. Dann der Auftritt von Madörin und Haller, Lüdi saß vermutlich draußen im Wagen.

Endlich kam Madörin heraus auf die Terrasse, mit der Boulekugel in der behandschuhten Hand.

»Woher kommt die?«, fragte er.

»Die hat Frau Mangold in einem der Regale aufbewahrt, neben den andern Kugeln.«

»Eigentlich habe ich eine Sauwut auf dich, das weißt du.«

»Das hat jetzt keinen Sinn mehr. Wir sind die Geschlagenen.«

»Stimmt. Ich bin ziemlich am Ende. Wir sind alle am Ende auf dem Kommissariat.«

»Ich habe mit Frau Mangold Tee getrunken. Sie hat mir die Geschichte ihrer Kugeln erzählt. Dann hat sie ein Aufnahmegerät auf den Tisch gestellt und eine Erklärung zur Tötung von Heinrich Schmidinger draufgesprochen.«

»Wo befindet sich dieses Aufnahmegerät?«

»Hier, in meiner Tasche.«

Er zog es hervor und gab es Madörin.

»Wie bitte? Du entwendest ein Beweismittel vom Tatort?«

»Wäre es dir lieber, es wäre den beiden jungen Technikern in die Hände geraten?«

»Nein, da hast du recht. Was hat sie draufgesprochen?«

»Der Täter war offenbar Ueli Zgraggen.«

Madörin schwieg eine Weile.

»So was Verrücktes«, sagte er dann. »Zgraggen ist heute Morgen um neun auf dem Kommissariat erschienen und hat darum gebeten, in Untersuchungshaft genommen zu werden. Wir wollten zuerst nicht. Er fühlte sich bedroht, konnte aber nicht genau sagen, von wem. Dann haben wir ihn in die Friedmatt geschickt. Das heißt ja wohl, dass wir den Täter im Waaghof hatten, ohne es zu wissen.«

»Frau Mangold berichtet, dass Zgraggen sie gerettet hat.«

»Und du glaubst ihr?«

»Ja. Sie hat ein Pulver in ihre Tasse geschüttet und gesagt, es sei ein Mittel gegen Depression.«

»Und du hast sie nicht abhalten können?«

»Nein. Es ging ganz schnell. Sie wollte sterben.«

Madörin legte ihm kurz die Hand auf die Schulter.

»Bitte keine Selbstvorwürfe, ja?«

Am andern Tag, um die Mittagsstunde genau, saß Hunkeler mit Hedwig in einem Speisewagen der Schweizerischen Bundesbahnen, der den Gotthard-Basistunnel durchraste. Sie hatte ihren Strohhut auf die Ablage über ihren Köpfen gelegt und war vertieft in ein Buch über den heiligen Franziskus. Der Zug raste mit solcher Geschwindigkeit durchs Gebirge, dass der ganze Waggon zu zittern und zu beben schien. Der Hut auf der Ablage zitterte und bebte mit. Hunkeler, dem diese Raserei äußerst zuwider war, schaute gebannt hin. Fiel der Hut herunter? Oder fiel er nicht?

Hedwig lachte fröhlich.

»Hör mal«, sagte sie. »Franziskus sagt ›Bruder Sonne‹. Und ›Schwester Mond‹. Genau das Gegenteil wie bei uns. Eigentlich hat er recht. Schwester

Mond ist doch viel schöner als Bruder Mond. Findest du nicht?«

»Doch«, sagte er, »von mir aus.«

Der Hut oben auf der Ablage zitterte und bebte noch immer, schien sich aber halten zu können.

»Hier, schau mal«, sagte Hedwig. »Ein Bild des heiligen Antonius von Padua, auf dem er den Fischen predigt. Hier.«

Sie wollte ihm die Abbildung zeigen, da segelte der Hut herunter. Sie ergriff ihn und setzte ihn auf.

»Der blöde Hut«, schimpfte sie. »Ich weiß nicht, ob er richtig ist für unsere Wanderung.«

»Doch, der ist genau richtig.«

»Ich frage mich, was genau Antonius den Fischen gepredigt hat.«

»Vielleicht, sie sollen endlich aufhören, sich gegenseitig aufzufressen.«

»Aber davon leben doch die Fische. Vor allem die Raubfische.«

»Stimmt«, sagte er, »das ist eine gute Idee. Signore, haben Sie heute Fisch auf der Karte?«

»Aber sicher, Signore. Eine wunderbare Trota al limone.«

VOLTA-MATTE
Voltastrasse
Fabrikstrasse
Ampereplatz
Dreirosenbrücke
Dreirosenstr.
DREIROSEN-ANLAGE
Zähringerstr.
Lothringerplatz
Vogesenplatz
Gasstrasse
Wattstr.
Elsässerstrasse
Wasserstrasse
Vogesenstr.
Murbacherstrasse
Offenburgerstrasse
St. Johanns-Fähre
Mülhauserstrasse
St. Johanns-Parkweg
Entenweidstrasse
Kronstrasse
Ryffstrasse
Passagierschiff-Terminal Zoll
Im Davidsboden
ST. JOHANNS-PARK
Elsässerrheinweg
Unterer Rheinweg
Bärenfelserstrasse
Oetlingerstrasse
Breisacherstrasse
Lothringerstrasse
Jungstrasse
St. Johann
Mülhauserstrasse
Immengasse
Rheinschanze
Leuengasse
St. Johanns-Ring
St. Johanns-Platz
Am Krayenrain
Davidsrain
Davidsbodenstr.
Metzerstr.
Hebelplatz
Spitalstrasse
St. Johanns-Vorstadt
Johanniterbrücke
Johanniterstr.
Pestalozzistrasse
TSCHUDI-PARK
W.His-Str.
Kannenfeldstr.
Winterg.
Herbstg.
Sommergasse
Mittlere Strasse
Hebelstrasse
Klingelbergstrasse
Rheinländerstrasse
Florastr.
Rheinweg
Schanzenstr.
Spitalstrasse
UNIVERSITÄTS-SPITAL BASEL
Totentanz
Klingentalfähre
Friedensgasse
Maiengasse
Missionsstrasse
Klingelbergstr.
HEBEL-SCHANZE
Hebelstrasse
Blumenrain
Dreikönigsweg
Spalenring
Bernoullistr.
Schönbeinstr.
Peterskirchplatz
Petersgasse
Herbergsg.
Spiegelg.
Marktg.
Eisengasse
Petersplatz
Petersgraben
Fischmarkt
Martinskirchpl.
Nonnenweg
Pilgerstrasse
Stiftsg.
Andreasplatz
Imbergässlein
Nadelberg
Sattelg.
Spalengraben
Birmannsgasse
Eulerstrasse
Socinstrasse
Schützengraben
Spalenvorstadt
Rosshofg.
Hutg.
Rümelinsplatz
Freie Strasse
Birkenstr.
Palmenstr.
Friedrichstrasse
Heinrichsgasse
Nonnenw.
Kornhausgasse
Heuberg
Gemsberg
Leonhardsgraben
Spalenberg
Schnabelg.
Gerbergasse
Falknerstrasse
Holbeinplatz
Auf der Lyss
Socinstr.
Spalentorweg
Austrasse
Mostackerstrasse
Eulerstr.
Schützenmattstrasse
Steinengraben
Leonhardskirchpl.
Kohlenberg
Im Zimmerhof
Rudolfstrasse
Thannerstrasse
Rütlistr.
Holbeinstrasse
Leonhardsstrasse
Weiherw.
Belchenstr.
Weiherweg
Feierabendstrasse
Murtengasse
Burgunderstrasse
Austrasse
Kanonengasse
Steinenschanze
Kohlenberggasse
Steinenbachgässlein
Steinenvorstadt
Theaterstr.
SCHÜTZENMATT-PARK
Steinen